［俄］列夫·尼古拉耶维奇·托尔斯泰 —— 著
耿济之 瞿秋白 —— 译

托尔斯泰

短篇小说集

四川大學出版社
SICHUAN UNIVERSITY PRESS

图书在版编目（CIP）数据

托尔斯泰短篇小说集 /（俄罗斯）列夫·尼古拉耶维奇·托尔斯泰著；耿济之，瞿秋白译. -- 成都：四川大学出版社，2024.7. -- ISBN 978-7-5690-7346-1

Ⅰ. I512.44

中国国家版本馆 CIP 数据核字第 2024JU7433 号

书　　名：托尔斯泰短篇小说集
　　　　　Tuo'ersitai Duanpian Xiaoshuoji
著　　者：［俄］列夫·尼古拉耶维奇·托尔斯泰
译　　者：耿济之　瞿秋白

责任编辑：周　洁
责任校对：喻　震
装帧设计：曾冯璇
责任印制：李金兰

出版发行：四川大学出版社有限责任公司
　　地址：成都市一环路南一段 24 号（610065）
　　电话：（028）85408311（发行部）、85400276（总编室）
　　电子邮箱：scupress@vip.163.com
　　网址：https://press.scu.edu.cn
印前制作：人天兀鲁思（北京）文化传媒有限公司
印刷装订：北京文昌阁彩色印刷有限责任公司

成品尺寸：145mm×210mm
印　　张：6.625
字　　数：154 千字

版　　次：2025 年 1 月 第 1 版
印　　次：2025 年 1 月 第 1 次印刷
印　　数：1—3000 册
定　　价：68.00 元

本社图书如有印装质量问题，请联系发行部调换

版权所有　◆　侵权必究

四川大学出版社
微信公众号

译者序

我们把平时爱读的十篇托尔斯泰短篇小说翻译完成，编辑成册。托氏一生写了很多短篇小说，自然不止这十篇，但是当我们决定翻译他的短篇作品的时候，曾花了很多时间选择篇目。起初打算译二十篇，不过因为我们一直怀着"宁缺毋滥"的想法，所以结果竟减少了十篇，只译了我们认为最好的十篇，深信读者读后，一定能大概窥出托氏的艺术和思想演进之迹。

本来要想研究文学家的艺术和思想，应该从长篇小说中去寻求；至于短篇小说，不过是作者片段式的经历，一时的感触，很难凭此作为研究资料。但是把多种短篇小说连载在一起，其中因时代的关系，自然会生出一条线索，足以窥见作者的艺术和思想演进的轨迹——这也是研究文学的人不可少的工作。

文学随思想而变迁，思想又随时代而演进。托尔斯泰的文学，壮年时和老年时迥然不同。我们同时看他壮年时和老年时的两篇作品，竟如出自两个人的手笔，未免使我们深感其变迁之大，但是这也是因为时代不同。

托氏初期的文学，语言优美明快，感情又浓挚动人，最能见出艺术上的功夫；至于晚期的作品，却道貌岸然，手笔苍老简括，一字有一字的力量，一篇有一篇的哲理。初期所描写的是父子兄弟的感情，英雄豪杰的生涯，偏于贵族方面。至于晚期，所描写的却是社会的罪恶，农人的生活，偏于平民方面。

这本小说集虽然只收录十篇作品，但是托氏初期和晚期的作品都囊括其中：如《三死》、《风雪》、《丽城小纪》是他初期的作品；《伊拉司》、《呆伊凡故事》、《三问题》、《人依何为生》等，又是他晚期的代表作。所以说这本集子虽小，却足以窥见作者艺术和思想演进的轨迹。

在这里我也不愿意详叙作者的艺术和思想是如何演变的，只希望喜爱文学的读者自己能加以研究；我不过是把我们所选的这十篇小说的微意表达出来罢了。

民国十年五月十三日耿济之序

目 录

三　死 / 001

风　雪 / 019

丽城小纪（南赫留道甫亲王日记之一段）/ 061

伊拉司 / 089

呆伊凡故事 / 097

三问题 / 137

难道这是应该的吗？ / 145

阿撒哈顿 / 151

人依何为生 / 159

野　果 / 191

三　死

一

那时候正值秋天。大道上两辆马车飞似地跑着。前一辆车上坐着两位妇女：一个是黄瘦憔悴的夫人，一个是光泽满面，体格丰满的女仆。女仆已褪色的破帽子底下，乱蓬蓬地披着很多极干燥的短头发。冻得发紫的手上戴着一双千穿百孔的破手套，不住地理那头乱发。毛毡围巾里那高凸的胸脯，一起一伏，显得呼吸很急促。一双亮晶晶的黑眼睛，一会儿从窗口看那飞奔而过的田地，一会儿看看自己的女主人，露出十分忧愁的神情，一会儿又朝车角那里呆望。在她头的一侧，挂着女主人的一顶帽子，她膝下躺着一只小狗，脚底下又横七竖八地放着许多小箱子，耳边只听见辚辚的车轮声和清脆的玻璃撞击声。

那女主人枕着垫在她背上的枕头，两手放在膝上，闭着眼睛，身体颤巍巍地摇着，轻轻地皱了皱眉头，咳嗽了一下。头上戴着一个睡眠用的白网袋。白嫩的颈间又系着一条蓝色的三角纱巾。金黄色的头发，白嫩的皮肤，深红的两颊，都能显出她的美貌。嘴唇十分干燥，两道眉毛浓厚得很。此时她眼睛正闭着，脸上现出疲乏苦痛和生气的神情。

一个仆人靠在车椅上打盹。车夫一边嚷着,一边在那里用力地鞭打那满身是汗的马;有时回头看一下后面那辆车。泥土道上深深地印着宽大的车痕。那时候天气又阴又冷。田地里和大道上都笼罩着浓雾,车里也都是尘土。那病人回过头来。慢慢地张开一双明秀的眼睛,恨恨地说:"又这样了",便用那瘦弱的手去推开那碰到她脚的女仆的外套。她一边推着,嘴里又一边喃喃地,不知说些什么话。那女仆玛德莱沙就站起来,收拾好了外套,又坐下来。病人只是眼睁睁地看着女仆在收拾。然后,她两手撑在座位上,想挪一挪身体,靠上坐了一点,可是始终没有力气。她生气得不得了,就对这女仆说:"请你帮一帮我,好不好?咳嗽就不必帮了!我自己也会的,不过请你不要把你的东西放我身边。"说罢,便闭了闭眼睛,一会儿却又睁开眼睛来看那女仆。玛德莱沙也看了她一眼,紧紧地咬着嘴唇。病人就深深地叹了一口气。还未叹完气,却又咳嗽起来。她翻了一个身,皱了皱眉毛,两手捂住胸脯,这一刻儿,咳嗽止住了。她又闭着眼睛,坐在那里一点也不动。两辆车跑进村子时,玛德莱沙就伸出两手祈祷起来。那女主人问:"这是干什么?"她答道:"到一站了。"女主人道:"我是问你,你为什么在这里祈祷?"她道:"太太,那不是教堂吗!"那病人听着,便回过身来,朝着窗外一所大教堂,慢慢地祷告。

两辆车停在站前。从另一辆车里走出病妇的丈夫和医生来,走到前面车前。医生摸了摸脉,问:"现在你感觉怎样?"丈夫也问她:"亲爱的,你不累吗?不想出来吗?"这时候,女仆已经收拾好包袱，便躲在一旁，不去打扰他们的谈话。病人答道："没有什么变化。还是老样子。我也不出去了。"

她丈夫站了一会儿，就到车站休息厅里去了。玛德莱沙也跳下车来，蹑着脚，踩着泥泞的路走到大门。此时，医生还站在车前。病人笑着对他说："就说我的情形不好，那你也不能因此就不吃早饭了。"医生听后，就轻步离去，走到站里去。医生刚走，那病人就说："他们对我的事情都是不太开心的。唉，我的上帝！"

医生走进站里，正遇见病妇的丈夫，那丈夫含着笑问他："我叫人把茶具拿进来，你觉得怎样？"医生道："可以。"丈夫皱了皱眉，叹了一口气，问："她的病情究竟怎么样？"医生道："我早对你说过，她不但不能到达意大利，能到莫斯科，那就算极勉强的了。并且又是这样的天气，这怎么能行呢？"那丈夫一边用手掩住眼睛，一边说："唉，那叫我怎么办呢？"刚说完，看见一个人把茶具拿来，便喊道："拿到这里来吧！"医生耸肩答道："还是让她留在这里吧。"丈夫道："你说我还能怎么办呢？我已经想了许多法子阻拦她。我说我们到外国去，一来经费不多，二来小孩子们又需留在国内，三来我们工作又很忙。可是无论我怎样说，她始终不听。她还在那里计划到外国怎样生活，从不想她自己是个病人。如果对她说真实的病情，那不就是要杀死她吗？"医生道："你需知道，她已经是死的了。人没有肺，是活不了的。肺没有了，怎么能再生出来呢？对，这是很忧愁很难受的事情，可是究竟有什么法子呢？现在我们的责任，就是让她能够平静地死去就得了。这就应当有教士跟随才好。"她丈夫道："唉，你也要明白我的处境。也只能听天由命，任她怎样就怎样，我是不能向她说实情的。你一定也知道她是一个很善良的人。"医生摇着头说："还是劝她留在这里过了冬天再说。不然恐怕道路就艰难了。"

　　站上一个小姑娘走到门前台阶那里，口里嚷道："阿克舒沙！阿克舒沙！快到那边去看看一位从剂尔金城来的太太。听说因为痨病，才要到外国去的。我还没有看见过得痨病的人是怎样的呢。"阿克舒沙听到，立刻跳到门外边。两人手拉着手便跑出去了。到了门口，他们蹑着脚，走近车前向里探望，那个病人也回头看他们，看见他们脸上都露出惊奇的神色。她就皱了皱眉，又回过头去了。那个小姑娘赶紧回过头来说："好，这样的美貌！真是少见的！我看着心里觉得难受极了。阿克舒沙，你看见了没有？"阿克舒沙答应道："啊！瘦得真利害！再看一看去。你看，她又回过头来了。我又看见她了。唉，真可怜，玛沙！"玛沙道："这地上真泥泞得很。"说罢，两人便回门里去了。

　　那病人想："可见我这个人实在是很可怕的了！还是赶快到外国去，我的病就可以痊愈了。"

　　一会儿她丈夫走到车前，一边嚼着面包，一边就说："我爱你，现在觉得怎么样了？"病人想："老是这句话。自己还在里面吃东西。"想罢，她无精打采地说："没有什么。"她丈夫又道："亲爱的，我怕这种天气在路上走，对你的身体很不好。埃度阿尔也是这样说，我们还是回去吧！"她听着十分生气，一句话也不说。她丈夫又道："等天气好了，道路好些了，你身体稍为健壮一些，我们再到外国去。"病人道："请你恕我直说，假如我原先不听你的话，我现在早就到柏林了，病也就可以好了。"她丈夫道："咳，这是不可能的。你只要再在国内留一个月，你的病也就可以好，我的事情也办完了，我们就可以带着儿女们一块儿去。"病人道："儿女们身体还好，我却病着呢。"她丈夫道："你看这种天气，你走在路上，一定是很不舒服的。我想还是住在家里的好。"那病人怒道："在家里好？……死在家里吧！"她说到"死"字，心里也担惊一下，就看看她丈夫，露出惊疑的神情。她丈夫也只得垂下头来，一言也不发。病人不由得竟泪流满面，丈夫用手巾掩住自己的脸，一声不响地走开了。

病人抬头望向天，两手交叉着，喃喃地说："不，我一定要去。唉，我的上帝！"说完，眼泪像雨一般地淌下来。她就哀哀地祷告起来。她胸间还是这样痛，这样难受，天上还是这样阴沉沉的，欲雨不雨，迭迭层层的浓雾降在道上，屋顶上，车上和车夫的大衣上。那些车夫正在那里收拾车轮。一边却说说笑笑，十分高兴。

二

　　车子已经套好，车夫却拖延起来了。他正往车夫所住的屋子走去，里屋又热又脏，又暗又臭，充斥着烤面包和煮白菜的气味。几个车夫坐在外屋，厨女正在炕边站着，炕上羊皮中间躺着一个病人。一个少年车夫，身上穿着皮衣，腰里系着鞭子，跑进屋来对那病人说："郝范道尔老丈！喂，郝范道尔老丈！"一个车夫问："你问他做什么吗？人家全等着你开车呢！"那个车夫搔了搔头发说："我想向他借一双鞋，因为我自己的鞋已经坏了。啊！他已经睡熟了吗？喂，郝范道尔老丈！"说着便走到炕前。只听见微弱的声音："什么事？"随着一双瘦得不成样子的脸从炕上黑暗里慢慢地探过来，伸起一双又瘦又发青的手，哆哆嗦嗦地把被子稍为放正一些。郝范道尔身上穿着一件极脏的衣服，上气不接下气地说："唉，兄弟。你让我睡一会儿好不好。又有什么事呢？"

　　那车夫一边把水罐递给他，一边踌躇着说："郝范道尔，我想你现在也用不着新鞋。既然你走不了路，就把你的鞋借给我穿，好不好？"病人把头伸进罐子里，胡子也沾在水面上，没命地喝起水来。他几根胡须又脏又乱，一双忧愁的眼，不免向那车夫的脸上看着。他喝完水，想着抬起手来擦一擦嘴唇，可惜竟抬不起来，便在被单上擦了一擦。他一边喘气一边又用力看着那车夫。车夫就说："也许你已经借给别人，那就没有法子了。现在天气阴沉得很。我却还要赶着上路，所以我想向你借双靴子，因为你现在也没有什么用处。不过也许你不能借给我，么就请你直说吧……"那病人的胸间忽然咕噜作响，就低着头大咳起来，那时候厨女忽然怒声说："他有什么用处？两个月没有下炕。你看他这样咳嗽！内脏已经受了伤。他还穿什么鞋？并且穿着新鞋葬在地下，那是很不值得的。唉，他实在已经快要死了，还是赶快把他搬到别的屋子里去的好。譬如在城里就有病人区；要不然他一个人占了这屋子的一半，叫我还能做什么事呢？"刚说到这里，站长忽然在门那里喊道："塞雷格！快出去吧，老爷们等着你呢！"

塞雷格准备不等病人的回答了，正要出去，那病人却忽然在咳嗽间隙，将两眼往上一翻，显出愿意回答的神情。一会儿他止了咳，休息了一会儿。才开口道："塞雷格，你把那双鞋拿去吧。不过等我死的时候，你必须替我买块石头。"那车夫说："老丈，谢谢你，那我就拿去了。石头一定给你买。"那病人又说："诸位听着他所说的话！"刚说完，又低着头咳嗽起来。有一个车夫就说："得了，我们都听见了。塞雷格你快出去吧。一会儿站长又跑来了！那个从剂尔金来的女太太也正病着呢！"

塞雷格就把自己那双又大又破的鞋脱下，扔在床底下。郝范道尔的鞋他穿得恰巧合适。他一边往下看着，一边就走出去了。走到车前,立刻爬上去整理缰绳。一个手里拿着毛刷的车夫说:"这双鞋子还不错,是白送给你的吗?"塞雷格笑着说:"难道你还忌妒吗?"说着,便扬起鞭子,向几匹马呼喝着。那两辆车就慢慢地消失在蒙蒙黄雾里,顺着那泥泞的道上跑过去了。

那个病车夫那时候还躺在小屋炕上,止了咳,勉强翻个身,便不说话了。小屋里从早到晚,来来往往的人倒还不少,也有在这里吃饭的,可是谁也不理那病人。薄暮时候,厨女爬到炕上,在他脚下取一件大衣。病人对她说:"娜司达姬,你也不要讨厌我。我也快给你腾出这块地方了。"娜司达姬说:"得了,得了!不要紧的,老丈。你哪里痛,你对我说一说。"老人道:"身体里处处痛得很,唉。"娜司达姬道:"那你咳嗽的时候,喉头痛不痛?"老人呻吟着说:"各处都痛,我也快死了。唉,唉,唉……"娜司达姬一边给他盖好被子,一边说:"你脚还要盖好。"说罢,便从炕上爬下去了。

晚上小屋里点着一盏烛灯,光线微弱得很。娜司达姬同十个车夫一块儿睡在地板上,不断发出鼾声。那个病人在炕上辗转,微微地在那里咳嗽。到了早晨,他忽然寂无声息了。

第二天早晨,天还未全亮,娜司达姬起身说:"我做了一个奇怪的梦,我仿佛瞧见郝范道尔老丈从炕上爬下来,出去砍柴。他说,'娜司达姬,我来帮你。'我说,'你去哪里砍柴?'他不理我,却拿起斧子就砍,砍得又十分灵便。那木屑竟纷纷地飞扬起来。我说,'你不是有病吗?'他说,'不,我很健康。'他说了这句话,我心里嗡的一惊,就大叫而醒。莫非他已经死了吗?喂,郝范道尔老丈!……"

郝范道尔一声也不回应,那时候车夫里有一个人醒了说:"莫非真的死了吗?快去看看他吧!"果真那垂在炕旁的瘦手已经冰冷了。车夫道:"快到站长那里去报告他死了。"可怜郝范道尔是一个外地人,举目无亲。第二天,他就被葬在林后新坟地上去了。娜司达姬还屡次向众人述说自己所做的梦,并且说她是第一个感觉到郝范道尔的死的。

三

　　春天到了。城里泥泞的道路旁有一条小河，河水夹在冰块中间正急急地流着；路人的衣色全都十分清朗。花园里的树都发青了，树枝被微风吹着，摇荡个不休。各处都滴着水点……小雀振翼而翔，十分高兴。阳光照着，那些花园房屋，树木个个都欣欣向荣。无论在天空，在地上，在人心里，都充满着活泼之气。

　　一条大街上有一所高耸的房屋，门前铺着一片青茵。屋里就躺着那位想赶到外国的垂死病妇。房门外站着病人的丈夫和一个老妇。牧师坐在椅子上，垂着眼睛，手里不知道在那里弄些什么。屋里椅子上，一位老太太（病人的母亲）伤心地哭着。一个女仆站在她旁边，手里拿着一条手巾伺候着，另一个女仆正替老太太擦那两鬓。

　　那丈夫朝着同他站在一起的妇人说："好朋友，求求你。她很相信你，你也同她很投机，就请你劝劝她吧。"说完，他就想替她开门，那表姐连忙拦住他，先用手巾擦了好几次眼睛，理了理头发轻轻说："现在应该看不出我的哭容了吧。"说着就自己开门走进去了。

丈夫心里着急得很，很悲伤。他也想到老太太那里去，却没走几步，便回过身来，走到牧师那里，牧师看了他一下，举首向天长叹了一声。那斑白的胡须也随着抬上去，又落下。

丈夫说："唉，我的上帝！我的上帝！"牧师叹道："这有什么法子呢？"说罢，眉毛和胡子又抬起来，落下。丈夫顿足道："母亲又是这样！肯定忍受不住。并且这样疼她，爱她，我也没办法。可否请你去安慰她一下，劝她离开这里。"

牧师就起身走到老太太面前说："果然慈母之心谁都比不上，但是上帝也很慈悲的。"老太太的脸色越发阴沉下来，显出凄凉悲怆的样子。牧师等了一会儿，继续道："上帝是很慈悲的。我跟你说，我来的时候，也有一个病人，比玛丽的病还利害。你猜怎样，一个寻常人用点什么草，一下子就把那人治好了。现在这个人还在莫斯科。我同滑西里说过，不妨给玛丽试一下。至少可以给病人一些安慰。"老太太凄然说："不对，她已经活不了了。上帝叫她去，还不如直截了当地叫了我去。"病人的丈夫听到这里，不由得两手掩着脸，从屋里跑了出来。刚走到回廊那里，便遇见一个六岁的孩子，正在那高高兴兴地和一个小女孩追逐游戏。保姆问："怎么不让孩子们到母亲那里去呢？"丈夫道："不，她不愿意见他们。一见到他们，她心里就难受。"

那孩子站住了一会儿，很仔细地看着他父亲的脸色，忽然动起来，又高高兴兴地往下跑去了。一边跑着一边指着他姐姐说："爸爸，你看她头发真光亮啊！"

同时另一屋里,表姐坐在病人身旁,在那里娓娓地谈论,给她传授死的念头,医生却站在窗旁和药水。

病人穿着白衣,身后用枕头垫着,坐在床上不住地看着表姐。她突然插句话:"唉,好朋友,你也不要替我预备。也别当我是个小孩子。我是基督徒。我全知道。我知道我是活不长了。我知道只要我的丈夫早早听我的话,到了意大利,我也早就健康了。就对他这样说。但是这有什么法子呢?上帝已经这样定下来了。我知道我们全有许多罪,而我却希望得到上帝的恩赐,并能饶恕我们所有人。我自己也很明白。我也有不少罪孽。因此我虽受了许多苦,还是极力地忍受下去。"

表姐道:"不要请牧师吗?让他替你忏悔一下,你心灵里一定轻松些。"

病人点头答应,又细语道:"上帝!饶恕我这个罪人。"表姐走出来,向牧师招手。病人含泪对她丈夫说:"这是安琪儿!"丈夫禁不得哭了。牧师走进门去,老太太悲伤得一句话也说不出来,前屋里静悄悄的,没有声响。过了五分钟,牧师走出来,拿掉颈巾,理那头发,说:"她现在安静多了,想见你们。"

表姐和丈夫走进去,看见病人朝神像望着,在那里嘤嘤哭泣。丈夫说:"好朋友,祝贺你!"病人微微一笑说:"谢谢你!现在我觉得心里很舒服,感到一种不可思议的甜蜜。上帝很慈悲啊!不对吗?慈悲全能的上帝!"病人说完,张开泪眼,重新又望着神像,露出哀求的神情。忽地,她又好像记起一件什么事情来,便招呼她丈夫过来，轻轻说："我请求你的事情，你始终不愿意去做。"她丈夫伸着头颈说："亲爱的，什么？"

"我好几次对你说这些医生毫无所知，又是极平常的女医生，她们就能治好病吗？……刚才牧师说……那个平常人……你去……"

"亲爱的，去找谁？"

病人皱着眉，闭着眼，说着："我的上帝，还一点不明白……"

医生走上前去，拉着她的手。脉已经十分微弱了，她向病人的丈夫使了一眼色。病人看出这个神情，由不得很害怕地望着她。表姐回过身来哭了。

病人说："不要哭，不要让自己和我难受。你一哭就破坏了我最后安息了。"

表姐亲她的手说："你是安琪儿！"

"不，请亲这里，死人才亲手呢，我的上帝！我的上帝！"当天晚上那病人已经成了躯壳，棺材停在大厅上。大厅里，门紧闭着，教士一个人坐在那里哼哼地念"大街歌。"半明不灭的烛光射在死人白纸似的额上，白蜡似的手上，教士死沉沉地在那里念着，自己亦不明白念的是什么意思。屋子四处都是静悄悄的，只在隔壁房间里远远听见小孩们嬉笑的声音。

"掩上你的脸——平息你的神——死了，变成死灰。送来你的神——重造世上的脸。上帝永远祝福你。"

死人的脸十分凝肃。冷洁的额头和厚厚的嘴唇一点也不动。她还是很得意。可不知道她明白不明白这样的话?

四

过了一月,那死人的墓上已经建造了一所石头的小礼拜堂。在那死车夫的墓上却还没有一块石头,不过长着点青草,堆起些黄土,算做人类过去生活的记号罢了。

有一天,站上厨女说:"塞雷格,你真罪过,还不给郝范道尔买一块石头。你说冬天买,冬天买,现在怎么一句话也不提了呢,并且这件事情和我也有关系。他已经求过你一次;再不买,你心里过得去吗?"

塞雷格道:"我并没说过不买,我也不会忘记;可是总需要时间。我只要一进城,就可以买来了。"

一个老车夫说:"你替他安个十字架也好。不要这样忘情,还穿着人家的鞋呢。"

"哪里取十字架去,用柴片来做吗?"

"你说什么?柴片是决不能做的。提着斧子早早儿到树林里去砍下一棵来,就成了。前几天,我一根秤儿坏了,就去砍了一根新的,谁也不说什么话。"

第二天清早,塞雷格提着斧子,就到树林里去。那时候夜露未干,东方已白,微弱的日光射在层层云朵掩盖的天上。地上一草,树上一叶,都丝毫不动。只听见鸟儿振翼的声音,穿破树林深深的寂寞。忽然在那里响起了一种奇怪的声音,一下子又不响了。等了一会儿,这样的声音又在另一树底下响起来。树枝儿慢慢动了一会儿,树上的鸟儿喳喳也叫了几声,跳到别的树上去。

斧子的响声很大,雪白的木屑飞在草上。树儿全身颤动,俯下身去,又起来,露出害怕的样子。一刹那间,万事皆绝,树儿又俯身下来,只听见树根上轧轧的声音。最后,那树儿已离根倒地了。斧声和走路声已听不见了。鸟儿还是跳来跳去地叫着。树枝摇荡了半天,也就不响了。许多树木在新空气里互相比美,还是十分快乐。

可爱的阳光穿破云儿,照耀在大地上面。浓雾注满在山谷里,露水嬉戏在青草上,青云散在天上各处。鸟儿唱着,树叶儿轻语着;活树的枝儿正傲然地在死树面前摇动着。

风 雪

[ ]

一

晚上七点钟,我喝完了茶,从站上出来,那个站名已经不记得了,只记得是在新柴卡司克附近董军兵地那里。那时候,天色已经发黑,我穿着皮袭,同阿莱司卡坐上雪车。在驿站附近觉得天气还很温暖。虽然并未下雪,头上却也见不到一颗星星;一片洁白的雪地铺在我们前面,天空和雪地比起来,显得又低又黑。

水车正张着它那大轮翼,在那里摇晃着,我们刚从它那黑影底下走过,又穿过一个哥萨克村落。觉得道路更难走了,风儿也开始猛烈地从我左面吹来,把马的尾巴和鬃毛吹在一边,又扬起为马蹄和橇撑所践踏的残雪。车铃也哑了,冷气从袖口直侵到背上,到那时候我才想起驿吏曾劝我不要走,免得迷路,挨一夜冻;他这个话真的很有道理。

我就对车夫说:"我们不要迷路啊。"后来见他不回答,我就索性很明显地问:"车夫,我们走得到驿站吗?我们不会迷路吧?"

他并不回头,只答道:"这个谁能知道呢!你看,地上堆得这样厚,找不到一点道路,真要命啊!"

我又继续问:"你想想再说,我们有希望到驿站吗?能到吗?"

车夫说:"大概可以到。"以下他又说些什么话,因为风,我根本听不出来。

再回去,自然是不愿意;可是在这种不毛之地,风雪连天底下,活挨一夜冻,也实在有点不高兴。并且那个车夫,我虽然在黑暗里,没有看清他的样子,可是不知为什么,总有点不喜欢他,不信任他。他盘着腿坐在中间,身材魁梧,声音却带着懒气,帽子不像是车夫戴的——帽檐四面,面积很大;并且他赶马也不是寻常样式,只用两手执着缰绳,仿佛坐在车夫位后面的仆人一般。而我之所以不信任他的重要原因,也许是他的耳朵用手巾捂着的缘故。总而言之,这个横在我前面的又粗蠢又佝偻的背,实在让我不喜欢,所以认为他一无是处。

阿莱司卡对我说:"要我说不如回去;在这里挨冻也不高兴!"

车夫喃喃说:"真要命啊!雪堆得真厚!一点道路都看不见,眼睛还只能眯着。真要命啊!"

刚走不到一刻钟,车夫就勒住马,把缰绳递给阿莱司卡,从座儿上跳下来,提着双大靴子,走向雪里,去寻找道路。

我赶紧问:"怎么?你去哪里?迷路了吗?"可是那个车夫并不回答我;风正吹在他眼睛上,他一面避着风,一面离开雪车,往前走去。

一会儿他回来了，我便问他："唔，怎么样？有道路吗？"

他愤然地对我说："一点也没有。"他说这话，带着种不可忍耐的神情，并且异常忧愤，仿佛他迷路的错处全在于我似的。一会儿他又慢慢地坐在车上，用一双冻手理那缰绳。

我们又动身了，那时候我又问："我们怎么办呢？"

"那有什么办法！听天由命吧。"

我们缓缓地走着，不择道路，一会儿走在融化到四分之一的雪上，一会儿走在光滑的雪冰上面。虽然天气很冷，雪落在衣领上，融化得还是很快；雪花飞得很起劲，一会儿又降下又硬又干的雪来。

我们实在不知道往哪里走，因为走了一刻多钟，还见不到一根记里数的柱子。我又问车夫："你以为我们走得到驿站吗？"

"到什么地方？往回走，那些马也许可以把我们送到原来的驿站去；如果再往下走，一定更要迷路了。"

我就说："那就折回去吧。真的。"

车夫又追问："真的折回去吗？"

"是的，是的，回去吧。"

车夫就放松了缰绳，马儿跑得十分迅速，我虽然觉不出转变方向，可是风已经变了，然后在雪天雪地里，竟能隐隐分辨出几座水房。车夫胆子不免又大了，便谈起话来。

他说："就在这样雪天里，回到那驿站，在柴堆边住一夜，到明天早晨再走。能够在柴堆上睡觉，那是很好的了。不然，全身都要冻坏,因为太冷了。冻一次腿,三星期内就要死去。"

我说:"但是现在并不冷,风也不大,能够走吗?"

"暖固然很暖,却还有风雪,现在往回走,那就好得多了,可是风雪还下得很密。往前走固然也可以,可是要听天命了;否则受了冻也不是儿戏。以后谁负这个责任呢?"

二

那时候，后面忽然传来几辆马车上的铃声，但见有几辆车在那里飞似地赶来。我那车夫说："这是'库里埃'的铃，在全站上只有这样一个。"果然，那辆车上的铃声异常清脆，而且洪亮，不住地在风里摇曳着。我以后才知道这是邮车用的东西：一共有三个铃儿——一个大的在中间，发出洪声，两个小的发出中声。这两种声音凑在一起，在旷僻极寒的地方响起来，叫人听着，精神为之激越。

当三辆车里，前面一辆同我们这辆车并行的时候，我那车夫说："走得真快呀。"一会儿他又对后面那个车夫喊道："有路吗？可以走吗？"可是那个人只朝着自己那几匹马喊着，不回答他。

当邮车刚经过我们的时候，铃儿声一会儿就渐渐听不见了。我那车夫也有点惭愧的意思。他对我说："老爷，我们也走吧！人家已经走过，现在车迹还是新鲜的呢。"

我答应了，我们重又逆风而行，顺着深雪向前赶着。我从旁边看着道路，避免我们的车偏离前面几辆车留下的痕迹。走了两俄里路，车迹看得异常明显，后来只能隐隐约约地分辨出来；等了一会儿，简直分不清楚是车迹还是寻常吹透的雪层。我屡次往下看着雪橇底下压着的雪，眼睛都看累了，就向前望去。第三个里柱还能够看得见，第四个却已经找不到了；又像原先一样，一会儿顺着风行，一会儿逆着风行，一会儿往左，一会儿往右，之后那个车夫竟说我们的线路偏右了，我说是偏左，阿莱司卡却说我们是在往后走。我们屡次停车，车夫也屡次下车来寻找道路；可是终归于绝望。当时我就自己下车，看我所想象的是不是道路；可是我刚千辛万苦地逆风走上几步，就发现四面全是一样的白雪堆，所谓道路也不过在想象里才能见到，再走上几步，忽然自己那辆雪车也竟找不到了。我就喊道："车夫！阿莱司卡！"可是狂风吹来，我觉得我的声音竟被风从嘴里夺去，没有声音。我跑到那停车的地方——可是车已经没有了，向右走去——还是没有。我不由得发急起来，便大声又喊了一下"车夫！"其实他正站在我旁边两步远；现在回忆起来，未免有点惭愧。当时就有一个高个子的人，手里执着鞭子，头上戴着大帽子，忽然出现在我面前。他就引我到雪车旁边去。

他说："幸亏天气还暖；不然，天一冻——那就倒霉了！……"

当时我坐上车说："放松马缰绳，让它走回去。能够走得到吗？喂，车夫？"

"大概可以走得到。"

他就放松缰绳，用鞭子在马身上打了两下，车儿又铲铲地走了。我们走了半小时。忽然在前面又听见那熟识的铃声,并且有两个铃;这一次他们是从我们迎面来的。原来还是那三辆车,现在已经把邮件卸下,所以跑回站上去。前头一辆库里埃车,驾着三匹雄壮的马,铃声锵锵的,在前面跑着。里面坐着一个车夫,在那里大声地喊着。后面两辆空车中间,每辆车上坐着两个车夫,互相在那里很高兴地聊天。其中一个人抽着烟,火星在风里吹着,照着他脸儿的一部分。

我看着他们,心里很是惭愧,大概我们的车夫也有同样的感想,因为我们两人那时候竟异口同声说:"跟着他们走吧。"

三

最后那辆车还没过去，我那车夫就呆笨笨地把自己那辆车转过来，直接碰到最后一辆车上。马儿受了惊，都跳起来，撒掉缰绳，就往旁边跑。

"这个恶鬼！眼睛不管事，竟往人家车上撞来。这个死鬼！"一个身材不高的车夫气忿忿地说着；他正坐在后边那辆车上，根据他的嗓音和身段，想着他是个老人；当时他从车上跳下来，一面恶狠狠地骂着我的车夫，一面跑去追马。

但是马竟追不着。老车夫跟着追去，一会儿连马带人都隐在风雪的白雾里去。

还听见那人的声音说："瓦西里！快把那只骝马带来；恐怕捉不住啊。"

这时，一个个子很高的车夫就跳下雪车，默默地把自己那辆车卸下。拉起一匹马骑着，踏着雪就跑过去了。

那辆"库里埃"车依旧摇着铃儿，向前奔跑着，我们那辆车也就同其他两辆车跟在后面。我那车夫这才高兴起来。我就问他是哪里的人，做过什么事情，后来便知道他是我的同乡。图里斯克省瓦村人；他家田地很少，自从霍乱病后，也就不种五谷了；家里有两个弟兄，第三个兄弟出去当兵了；在复活节以前，面包就不够吃了，所以只得借债来度日；他兄弟在家里做主，因为他已经娶妻；但是他自己却是个鳏夫。他说他们那村里每年有很多人出来当车夫；如果他不当车夫，也要到邮政局去，因为不这样决不能维持他一家的生活；他又说他住在这里，每年收入有一百二十卢布，把一百卢布寄到家里去，其余的自己也够用了。

一会儿他自己又喃喃地说："唔，这个车夫骂些什么？真讨厌！难道我故意惊跑他的马吗？难道我是恶人吗？并且也不必追过去！那些马自己会回来，不然，不把他们冻死了才怪呢！"

我看见前面放着什么乌黑的东西，便问："那边黑的是什么？"

他说："那是货车。多么可爱的车呀！"说着，已经走到那辆席子盖着的大车旁边，但见那辆车正慢慢地走着；他又说："你看，都没有人管，全都睡了。那个聪明的马却认得道路，一步也不会迷失……"

果然很奇怪，这辆大车从席顶到车轮，覆满了雪，可是又好像在那里一步步地动着。当我们那几辆车走到它跟前，乱响起车铃的时候，才看见车前抬起一点席边，探出来一个帽子。一匹骏马伸着头颈，凸着腰背，一步一步在崎岖的道上走着。

又走了半个多小时，车夫又对我说："老爷，你看我们走得对吗？"我答道："这个我可不知道啊。"他露着安闲的神气说：

"一开始风还对,现在却又走在暴风底下。不对,我们并不曾向那方面去,我们又要迷路了。"

他这个人异常胆怯,可是等到我们人一多,他又不做那指导人和负责人的时候,他心里就安静下来。于是他自然要细心监察着前面那个车夫的错误,以摆脱自己的干系。我确实也觉得前面那辆车有时在我们左边,有时却在我们右边;并且我还以为我们竟在极小的范围里旋转着。但是这也许是感觉的错误,因为我有时还觉得前面那辆车一会儿升上山去,一会儿爬在山坡上,一会儿又在山脚底下走着,其实那些地方全是平原。

又走了很长时间,我远远地——在地平线那里——仿佛看见一条黑长的带子在那里走动。过了一会儿,这才看出那是被我们超过去的那辆货车。雪依旧盖在呆笨的车上,人依旧睡在席子底下,前面那匹骏马依旧驼着背,垂着耳朵,去嗅那道路。

那时候,我的车夫就抱怨着说:"你看,我们在这转圈子呢,又遇见那辆货车了!库里埃马真好:领我们白走这么多路,眼见今天是要走一夜了。"说到这里,他咳嗽起来,停了一会儿又说:"老爷我们还是往回走吧。"我问:"为什么?他们去哪里,我们也去哪里。"他道:"跟着他们随便走吗?恐怕要在旷野里住宿了。雪堆得这么厚。真要命!"

前面那个车夫眼见得已经丢失了道路和方向,却竟不去寻找道路,依旧很高兴地喊叫着,没命地向前奔跑,这个不由得使我纳闷;我也就不顾一切,决定索性紧跟着他们走,当时就对车夫说:

"跟着他们走吧。"

车夫只得依命,却已经不大似原先一般愿意了,所以也就不大和我说话。

四

  风雪越发来得利害，又干又细的雪直从天上落下来；大概开始在那里结冻了；因为鼻子和两颊竟冷得发红，冷气拼命地钻进皮裘里去。雪车有时候撞在光滑结冰的雪岩上面。我提心吊胆地走了这么多路，自己觉得疲困异常，便不由得合上眼睛，打起盹来。过了一会儿，我张开眼睛一看，当下使我惊讶异常，原来我看到有一道明亮的光线照耀着那雪白的平原；平地也扩大了许多，又黑又低的天已经消灭了，四处都是积雪的白斜线，前面有几个明显的黑影，之后我向上一望，觉得黑云已散，刚落的雪布满天空。原来在我打盹的时候，月亮已升出来了，穿破那不坚固的黑云和正在降落的雪，发出一道又冷又明亮的光线。最使我看得真切的，就是我那辆雪车，几匹马和三辆在前面走着的马车：前面一辆车上依旧坐着那个车夫，急急地赶路；第二辆车上正坐着两个车夫在那里抽烟，因为烟气和火星一阵阵从车里袅袅而出，便可见得他们正在那里吸烟；第三辆车上看不见什么人，大概车夫正在车中睡觉。最前头的那个车夫在我醒来的时候，也时常停下车，下来觅路。当我们停车的时候，听着风吼得越发利害，空中的雪团下得越发密集。在月光下看见车夫的低矮影子,手里执着鞭子,拨动前面地上的雪,影儿不住地前前后后在白雾里动着,等了一会儿,又走回来猛然跳在车上,于是在单调的风声里又听见那响亮的喊声和铃声了。每逢前面那个车夫爬下来,寻觅道路或草堆标记的时候,第二辆车里总有一个车夫发出那种爽快的,自信的声音,对前面那个车夫喊道:"意格拿司卡,听着!应该往左走,向右就背着风了。"或者喊道:"老弟,向右走,向右走!那边有乌黑的东西,也许是柱子。"或者喊道:"你在忙些什么?你把那匹骝马驾在前面,它立刻领你上道。事情也就妥当了!"这个出主意的人嘴里这样说着,可是自己既不去驾驭前面那匹马,又不到雪地里去觅道,并且连鼻子都不从驼毛领里伸将出来。主意出得一多,那个做前导的意格拿司卡自然要讨厌他,便嚷着叫他自己到前面去做前导,那时候出主意的人回答说,如果他驾着库里埃车,当然要走在前面,也就能够领到正确道路上去。他说:"我那几匹马,天生不会走在前面,因为这根本不是那类的马啊。"那时候意格拿司卡就高高兴兴一面叱喊着马一面答道:"这样,你就给我少说话吧!"

  那一个和出主意的人同坐在一辆车上的车夫却不大对意格拿司卡说话,也不去干预这些事情,可是也不睡觉,因为他那烟管里的火一直没有熄灭,并且停车的时候,我就能听见他不间断的说话声,所以我可以断定他并不睡觉。他正在那里讲故事。意格拿司卡时常要停车觅道,因此他的话头也时常中断。到了后来,实在忍不住了,不大说话的车夫便对他喊道:"怎么又站住了?又要觅路了!真成了测量师,却找不到路;不如随着马儿走吧!也许不至于冻死。往前走吧!"

当时我那车夫在旁边说:"去年就冻死了一个邮差!"

第三辆车上的车夫自始至终未曾醒过。有一次停车的时候,那个出主意的人喊道:"菲里布!喂,菲里布!"却并不见他回答,便说:"莫非冻死了吗?意格拿司卡,你去看一下。"

意格拿司卡便匆匆忙忙地跑到那去,一面摇那睡着的人,一面说:"你竟成了喝醉的样子!如果受了冻,赶快说啊!"

那个睡着的人翻了个身,忽然喃喃地骂起来。

意格拿司卡说:"还活着呢!"说着,就向前走了;我们便又开始走,并且走得很快,让我车上一匹小马紧夹着尾巴,连跑带跳地跟着。

五

　　那个追逃马的两人——一个是老人,一个名叫瓦西里,到夜深才和我们相遇。他们把马全都找到了,便赶过来;但是他们怎么竟会在穷荒僻野,风雪连天的时候把这件事情办妥,这个真使我千百个不明白。那个老人依旧骑着那匹马跑来;走到我们那辆车前面,便又骂起我的车夫来:"你真是个促狭鬼!你实在……"

　　第二辆车上那个爱讲故事的车夫喊道:"喂,米脱里奇老丈,你还活着吗?到我们这辆车上来吧!"

　　可是老人并不答他的话,依旧骂着。等到骂够了,才走到第二辆车上去了。别人问他:"全捉住了吗?"他道:"难道还会遗漏吗?"那个高个子的瓦西里依旧和意格拿司卡坐在前面那辆车上,一声也不言语,并且还同他一块下去觅路。

　　我那车夫喃喃地说:"这个骂人精……真讨厌!"

　　后来我们又在那白茫茫的沙漠里走了许久。张开眼睛一看——横在我面前的依旧是那被雪遮盖着的帽子和背,几匹马依旧低着头一步一步逆着风走着。往下一看,积雪依旧和滑床相击着;风儿吹来,地上的雪就飘扬起来。前面几辆车依旧急急地奔跑着,前面左右依旧是一片白茫茫的旷野。眼睛要想找出一个新对象来，可是柱子，草堆，围墙，什么都没有。四周都是白的：地平线一会儿看着无限的远，一会儿又好比近在两步以外；忽然又高又白的墙在右边长出来，沿车辆跑着，忽然又没有了，停了一会儿，又好像在前面长出来，跑着跑着，又没有了。再往上一看——起初显得十分光亮，在浓雾里还看得出星星来；可是一会儿星儿慢慢离开视野，往下逃去了，只见那经过我眼睛，落在脸上、皮领上的雪；天各处都是光明的，白的，无色的，同样的和永久不动的。风仿佛时常变动：一会儿迎面吹来，雪便打在眼睛上，一会儿从我的脸颊旁边掠过，打在皮领上。只听见车轮在雪上轧出来微弱的，不静默的声音和悲哀的死沉沉的铃声。有时当我们逆着风在光滑的，凝冻的冰皮上走着的时候，就能很清切地听到意格拿司卡的有力的呼啸声，和尖锐的破碎的铃声，这些声音竟除去了旷野里悲愁的性质，令人听着，自然而然地生出激越的情感。我一只脚渐渐冻起来了，每逢转身过来的时候，领上和帽上的雪直钻到我的脖颈里去，使我哆嗦不止；但是我穿着厚裘，终究是很温暖的，可睡魔还是来侵犯我了。

六

回忆和思想很迅速地变为想象。

我想："那个在第二辆车上不住叫喊着的，喜欢出主意的人也许是个农人吗？他身体很结实，腿儿很短，正仿佛我们家里那个管酒食的老人费道尔·菲里潘奇。"我就在脑海中浮现出我们家里的大楼梯和五个仆役，他们正在那里气吁吁地从小房里搬出钢琴来；又看见菲里潘奇掳起袖口，手里拿着一个琴上的脚板，跑在大家前面，开着门栓，在那上面盖着手巾，站在那里，挡着别人，自己嘴里却还急匆匆，不住地喊道："前面的人好好抬着。升上去，升上去，留心着门。这就对了。"屋内有个园丁正抬着琴的栏杆，用力过猛，脸儿都涨红了；当时他就说："菲里潘奇，那么请你来抬吧。"可是菲里潘奇依旧忍不住，依旧要叫喊着出主意。

当时我就想："这是什么意思？他以为他可以很好地处理公共事情，或者他很喜欢上帝能给他这种自信的辩才，所以很高兴去使用这种辩才吗？也许是这样的。"我又看见一个湖泊，还有几个疲乏的仆役在没膝的水中拉着鱼网，又是那个菲里潘奇在岸边跑着，对着大家喊叫，等到快要捡鱼的时候，才下水去一趟。那时候正是七月的正午。烈日高照,我正在花园中刚割完的草上散步;那时候我年纪还很轻,心里边总有点不知足和进取的念头。我走到湖泊旁边,在野蔷薇花和橡树林中间躺下去,这是我一直都很喜爱的一块地方。我一边躺着,一边从野蔷薇树的红树干那里,眺望那干燥的土地和蔚蓝色明镜似的湖面,不由得产生一种自得和忧愁的情感。围着我的都很美丽,而这种美景使我受到一种强烈的影响,觉得我自己也是很好的,而唯有一件事情令我发愁,那就是没有人对我产生一丝惊奇之心。这时,天气正在最热的时候。我打算闭着眼睛睡一下,可是那讨人厌的苍蝇竟不给我片刻的安宁,总聚在我附近,嗡嗡地从额上飞到手上。蜜蜂也离我不远,成群地飞着;黄翼的蝴蝶从一棵草上移到另一棵草上,露出疲劳的样子。我往上一看,眼睛都刺痛了,阳光在树叶缝里透过来,让我觉得越发炎热了。我便用手巾遮着脸,这样却感觉闷得很,苍蝇仿佛都黏在那出汗的手臂上面。雀儿躲在蔷薇树的深处。一只雀儿跳到地上来,离我一尺多远,两次假装着使劲啄那土地,一会儿又啾啾叫着,向天上飞去;还有一只雀鸟也夹紧着尾巴,跳到地上来,一会儿也似箭一般,跟着第一只鸟飞去了。听见湖泊那里砧上击衣的声音,一声声地传来。又听见洗浴的人的笑语声和分水声。离我很远,一阵风吹在橡树梢上,慢慢地吹过来,一会儿吹动了地上的乱草,一会儿野蔷薇树的叶子也摇摇欲动,打在枝上;良久,一阵新鲜的微风才吹在我身上,揭起手巾边儿,从汗淋淋的脸上擦过。手巾一揭起来,苍蝇就趁着这个机会,飞过来,冒冒失失打在我潮湿的嘴上。有一根枝干又触着我的背。心里想着这个决定,睡不着,不如去洗澡。正在寻思的时候,忽听见一阵急促的脚步声,恐慌的妇女说:"哎哟!这可怎么办呢?一个男人也没有!"

我听着这话,赶紧跑到太阳地里,看见一个仆妇叹着气,从我面前跑过,当时我就问她:"什么事,什么事?"不料她仅只看了我一下,又向四围望了一望,摇着手,又跑开了。一会儿,一个七十多岁的老婆子玛德邻一手捧着从头上掉下来的手巾,连跑带跳地向湖畔奔去。两个姑娘也互相携着手跑来;10岁的小孩穿着他父亲的衣裳,也急急地跑过去。

我又问他们:"出了什么事情?"

"乡下人溺水了。"

"在哪里呢?"

"在湖泊那里。"

"哪一个乡下人?是我们的吗?"

"不是,是过道的人。"

说话的时候,马夫意温拖着双大靴在草地上跑着,奔向湖泊那里去,肥胖的管事约阔甫也喘着气跑来,我就跟着他们跑过去。那时候我心里产生一种感情,那种感情仿佛对我说:"快跳进水里,拉那个乡人出来,救他的命,那么人家对你刮目相看了。"

一群仆役聚在岸旁,我便向他们问:"在哪里,在哪里?"

一个洗衣妇正在扁担上收拾衣裳,当时就说:"就在那边,水深的地方,在岸那边,离浴所不远。我眼看他沉入水里;忽然伸出头来,忽然又沉下去,一会儿又伸出头来,悲悲切切地喊道:'我掉水里啦,啊哟!'喊着又沉下去了,只看见水泡在那里乱动。那时候我才看见一个乡人沉水了。所以我就喊叫起来。"

洗衣妇一边说着,一边把扁担放在肩上,离开湖泊,从小道上走远。

那个胖子约阔甫叹了一口气,很凄惨地说:"真是罪过啊!现在已经设立了警署,可是竟然没有一点防护的设施。"

这时候有个乡人背着一把镰刀,穿过围在岸上的一群老少男女,把镰刀挂在灌树枝上,慢慢地脱去靴子。

我也打算跳下水去,做些惊人的事业,所以不住地问:"在哪里?他沉在哪里了?"

但是人家给我指那湖泊光滑的平面,微风吹过,起了一层细波。我真不明白他怎么会掉下水去;水总是很平滑,很美丽,很冷淡地站在那里,日光照着,放出金黄色,我觉得我竟不敢做这件事情,并且这事也不能够叫人惊奇,而且我最不善长游泳;可是那个乡人把汗衫从头上脱下来,立刻跳到水里。许多人都过去看着他,露着希望和麻木的神气;不料他刚下到水齐臂膀的地方,就慢慢地回来,穿上汗衫,因为他并不会游泳。

闲人渐渐聚拢过来,圈子越聚越大,妇女们都互相携手张望,但是这一大堆人里竟没有一个肯下去救人。有些刚跑来的人出了些主意,也就只是叹息着,脸上露出恐惧和失望的神情;其中最早来的几个人,有的站乏了,便坐在草地上面,有的也就回去。那个老婆子玛德邻问她女儿把火炉门关了没有；那个穿父亲衣裳的小孩不住地向水里投石子。

忽然，菲里潘奇的一只叫作脱莱作卡的狗在山下跑过来，一边猖猖狂吠，一边屡次回头看望，露出疑惑的神气；菲里潘奇自己也就跟在后面，从山上跑下来，嘴里不知道在那里嚷些什么话。

他一边跑着穿衣裳，一边喊道："你们站着做什么？人快要淹死了，他们还站在那里！快取一根绳子来！"

大家都望着菲里潘奇，既露希望，又面露恐惧；但见他一手撑在一个仆役肩上，一手在那里脱靴。

有人对他说："就在那边，那个人站立的地方，灌树的右面。"

他答道："我知道了，"便皱着眉头，仿佛回应那妇女群中所表现的惭愧的意思；当时他脱去汗衫和十字架，交给正站在他面前的园童，自己就迈开大步向湖畔走去。

脱莱作卡很疑惑他主人这般匆忙的举动，究竟为什么，站在人群中间嗅了几下，吃了几根岸边的小草，便看着他主人，忽然很高兴地吠了一声，跟着他主人一块儿下水去了，那时候浪花纷飞，溅在岸上许多人的身上；菲里潘奇很勇敢地挥着两手，背脊起伏不已，猛向对岸游去。脱莱作卡喝了几口水，赶紧回转过来，站在众人旁边，抖去身上的水。那时候菲里潘奇已经游到对岸，两个车夫跑到灌树那里，拉着绕在棒上的鱼网。菲里潘奇忽然伸出手来，却屡次没入水中，每次都从嘴里放出水泡，四处的人喊着问他，他并不回答。后来他走到岸上来，我望见他只在那里理那鱼网。网儿拉出来，但是里面除去污泥和几条小鲋鱼以外，竟什么也没有。等到又拉出鱼网的时候，我已经移到那一面去了。

但听见菲里潘奇下命令的声音，湿绳击水的声音和恐惧的叹声。击在右翼上的湿绳蒙着许多草儿，慢慢的从水里拉出来。那时候菲里潘奇喊道："现在一块儿拉呀！使劲呀！"

其中有一个人说："兄弟们，里面一定有些什么，拉着很重呢。"

一会儿草间两三个鲋鱼跳跃着，网也慢慢压着青草，拉上岸来。但见水淋淋的网里有一种白色的东西。于是在死静时，人们发出一阵不高的叹气声，使人感觉恐怖。

只听见菲里潘奇果决的声音说："拉呀，使劲地拉呀！"，一会儿那个溺水的人就被许多人拉到灌木旁边。

到这个时候，我忽然遇见我那慈善的老伯母，但见她身上穿着丝绸衣服，手上撑着华美的太阳伞，——这把伞仿佛和这个恐怖的死景不合宜，——脸上带着一副凄凉欲哭的神气。她一见我，就对我说："我们走吧！唉，这个真可怕呀！但是你总是一个人去洗澡，游泳。"她说这话，带着种母爱的自私心；我一听，顿时感受着一种忧愁的情感。

那时候记得太阳正炙热地烤着干燥的田地，并且在池湖的镜面上游戏着，大鲤鱼在岸边跳跃着，湖中小鱼成群地游泳，一只鸟在天空中飞过，繁茂的白云聚在地平线上，鱼网拉起时带着岸上的污泥渐渐地飞散开来了,我在堤上走着,又听见湖畔击砧的声音。

这个击衣杖响着,仿佛两个杖合在一起打击所发出来的洪声一样响,这种声音使我难受,使我沉痛,因为我又知道——这个击衣杖就是一只铃,而菲里潘奇又不让它发出声音来。这个击衣杖正仿佛拷问的器具一般,压着我那挨冻的腿,——于是我就醒了。

我醒来,其实是因为我那辆车跑得太快,并且我耳边仿佛听见有两个人在那里说话。一个是我车夫的声音,他说:"意格拿司卡,你把这位乘客接去,——你总是自顾自地走路,我却白白地追着你,让你来接他。"那个意格拿司卡的声音说:"难道我原意接那位乘客吗?……你能给我半个'司托甫'吗?"(译者按"司托甫"是量流质的容器名,农人用以代币;下文"阔苏司卡"亦同性质,但比"司托甫"的量略小。)

"唔,怎么能半个'司托甫'呢!……一个'阔苏司卡'就差不多了。"

"阔苏司卡!为了一个阔苏司卡,便把那些马压坏吗?"

我张开眼睛一看,依旧是一片白蒙蒙的雪,依旧是这个车夫和这几匹马,可是在我们车旁边又看见一辆雪车。原来我那辆车已经赶到意格拿司卡那辆车旁边,在那里并排行着。其他车里有人劝意格拿司卡少半个阔苏司卡,不必和他换,可是他竟不听这些话,把车子停下来说:"搬过来吧,这真是你的运气。走到明天,不过得一个阔苏司卡。行李多不多呢?"

我那车夫就很高兴地跳到雪地上来,向我鞠躬,请我搬到意格拿司卡那辆车上去。我满口答应下来；那个胆怯的乡人不由得异常满意，说不出那感谢和喜悦的神气；他朝着我，阿莱司卡和意格拿司卡鞠了好几回躬，道了许多声谢。

他说："唔，天保佑呀，要不然走了半夜，自己也不知道往哪里去。老爷，他能够把你老人家送到，我那几匹马已经很疲乏了。"说着，他就欢欢喜喜地搬起行李来。

当他们搬运东西的时候，我顺着风走到第二辆雪车那里去。那辆车许多地方已经被雪盖住，而在迎风挂着毛织物的地方积雪尤多。老人伸着腿躺在里面，那个爱讲话的人依旧在那里讲他的故事。但听他说："在那大将军借着国王的名义来到监狱见玛丽亚的时候，玛丽亚对他说：'将军！我用不着你，也不能够爱你，你也绝不是我的情人；我的情人就是那个亲王……'"说到这里，他一看见我就停住了，抽起烟来。

那个出主意的人就对我说："老爷，你要听故事吗？"

我说："你们真有趣，真快乐呀！"

"不过解闷罢了！这样可以不发愁。"

"你们不知道，我们现在在什么地方吗？"

这个问话，我看车夫听着都不大喜欢。当时那个出主意的人说："谁能够辨别这是什么地方呢？也许已经走到卡兰梅克人这里了。"

我问："这可怎么办呢？"

他露出不满意的神气说："有什么办法呢？走到哪里，就算哪里，也就完了。"

"如果马站在雪里都走不出去，那怎么办呢？"

"什么！这也不要紧。"

"能冻死吗？"

"肯定会的，因为现在看不见一点草堆；这样说，我们肯定已经走在卡尔梅克人的地方了。现在第一件事情应该看一看雪。"

老人哆嗦着说："老爷！你还怕冻死吗？"

他说这句话，虽然带着点嘲笑我的意思，但是可以看出他已经哆嗦得利害。

我说："是，觉得很冷了。"

"唉，老爷！你应当像我这样说：不冷，不冷，说着还要跑着——那你也就可以暖和了。"

那个出主意的人说："关键是，怎样跟着这雪车跑呢。"

七

　　阿莱司卡在前面那辆车上对我喊道："准备好了，请吧！"
　　风雪的势头来得很利害，我向前弯着身体，两手拉着大衣领儿，才勉强迎着狂风吹得乱飞的雪走了几步，走到前面那辆车旁。那时候我原来那个车夫已经坐在空车中间，看见了我，就脱下自己的帽子来，不料风竟很狂暴地把他的头发一根根吹直起来，便问我要酒钱。他真没想到我能够给他，即使我婉转拒绝，也绝不会惹怒他。他向我道了谢，戴上帽子，一边对我说："老爷，上帝保佑，再见吧！"一边拉着缰绳，离开我们，走了。意格拿司卡随即摇起全身，叱喊着马。于是马蹄声，铃声，叱喊声，混杂在一起，代替了风吼声，因为在停车的时候，风声最响。
　　自从搬到这辆车上后，我一时睡不着觉，而以观察那个新车夫和几匹新马为消遣。意格拿司卡坐在那里，露出十分勇敢的样子，不住地跳跃着，屡次用鞭子抽打那几匹马，嘴里还要呼喝叱骂，又时常跺着脚，爬上前去，整理辕马身上时常乱绞在一起的绳子。他身材不高，身段也很合适。短袄上面还穿着一件不系带子的驼毛大衣，这件大衣领子上的毛，几乎全已脱光，他的头颈很光滑；他的鞋不是毛靴，却是皮靴；帽子又很小，他时常把它拿下来，不停地整理，耳朵仅被头发遮掩着。在他一切举动里，不但可以看出他的劲力，还可以看出他想激发自己力气的愿望，车儿走得越远，他就跳得越高兴，脚跺得越利害，同我和阿莱司卡越说得多。我看他很害怕丧失自己的精神头，因为他的马虽然都很好，可是道路却越来越难走，并且那些马已经显出不大愿意行走的样子，连那又大又好的辕马都蹶跌了两次，心里一害怕，往前一撞，几乎把脑袋撞在铃上。风雪刮得这样利害，看着实在可怕；马儿已经疲乏了，道儿越发显得艰难了，我们简直不知道自己在哪里，也不知道往哪里去，已经不期望能够走到驿站，就是觅到一住宿之地，也就了不得了。但是铃儿依旧很自然，很高兴地响着，意格拿司卡依旧很勇敢，很美丽地喊着，仿佛节假日正午在乡间大道上赶车一样，叫人听着又奇怪，又发笑，——至于那最使人想着奇怪的，就是我们竟总是很勇敢地向前走。意格拿司卡装着假嗓在那里唱曲，唱得声音很高，在间断的时候还夹之以呼啸的声音，听着不由得令人毛骨悚然。

正在走得异常高兴的时候，忽然那个出主意的人说："喂，喂！意格拿司卡，为什么这样干嚷！停一下！"

"什么事情？"

"站……一下……子！"

意格拿司卡把车子停住了。那时候万籁皆绝，只听见风吼的声音，雪还是旋转着，打进车里来。那个出主意的人走到我们这里来。意格拿司卡就问他："什么事情？"

他道:"什么!去哪里呢?"

"谁知道呢!"

"腿都冻了。你这都在忙些什么?"

"我在赶路啊。"

"你也下来看一看那边摇晃的东西——也许是卡尔梅克人的游牧场。那个地方也许可以烤暖我们的腿。"

意恪拿司卡一边说:"好啦!你把马拉住了。"一边就向着所指的方向走去。

出主意的人对我说:"总要下去走一走,望一望,才能找见道路;何必这样傻头傻脑地跑着!把那些马弄得出了这么多汗!"

意恪拿司卡去了很长时间,还没有回来,我很替他担心,害怕他会迷路。在他走的这段时候,那个出主意的人总用自信和安闲的口气和我说话,他说在风雪时应该怎么赶车,说不如把马放松些,随它走,反而能够到目的地,有时也可以用天上的星星来做路标,他又说如果他在前面走,现在早就到驿站了。

后来意恪拿司卡慢慢地回来了,一步步走得很艰难,膝盖几乎没在雪中。那个人就问他:"唔,怎么样,有吗?"

意恪拿司卡叹着气答道:"有固然是有,也看见游牧场了,却还是不认识。我们现在大概是向波洛尔郭夫司基别墅附近走呢。应该往左走。"

出主意的人开始说:"有点细碎的尘埃!这就是我们的游牧场,在哥萨克村后面。"

"我觉得不是!"

"我这样一望,就知道是的;不是它,便是塔梅衰夫司哥。应该往右走,便能走到大桥那里——一共有八俄里路。"

意格拿司卡很忧愁地说:"我已经说过不是了!因为我已经看过了!"

"喂,兄弟!还有其他车夫呢!"

"什么车夫,你自己看去。"

"我去看什么!我很清楚呢。"

意格拿司卡生气起来,竟不答理他,跳上车子又往下赶路了。

他越走,精神越焕发,依旧时常跺着脚,把靴桶里积着的雪倒掉,还对阿莱司卡说:"你看,走了这些路,靴子里积着这么多雪,怎么能暖和呢!"

我则打算睡觉了。

八

  我在梦中想:"难道我已经受冻了吗？听人家说，受冻经常始于做梦的时候。如果冻死，不如淹在水里，让人家把我从网里拉出来的好；其实冻死，淹死，都是一样的，都不过身下放着一块板，什么全忘了。"

  果然一刹那间我什么都忘了。

  突然间我张开眼睛，望向那白茫茫的大地，心里寻思着:"这样就算完了吗？如果我们再找不到柴堆，马又要一直站着了，那么大概我们全都要挨冻了。"我对这个想法真的有点害怕，但是我希望能够发生些可惊可愕异乎寻常的事情的心理，比些许的恐惧还来得利害，我觉得如果明天早晨，那几匹马把我们几个冻得垂死的人运到一个远僻荒凉的村庄里去，这个倒也是件极有趣的事情，这样的幻想很明显很迅速地占据我的脑海。马也止步了，雪下得越发利害，只能见到马的耳朵和颈木；忽然意格拿司卡坐着的那辆车赶得很快，并且从我们面前经过。我们哀求他，喊着请他带我们一同去，但是声音被风夺去，竟没有声音出来。意格拿司卡一面笑着，对那马喊着，一面吹着哨，在盖满雪的深渊里离我们而去。老人跳上马儿,挥着手肘,正想逃跑,身体却动弹不得;我原来那位戴着旧帽的车夫竟迅速跑向前,把他拉下来,摔在雪地上,嘴里喊道:"你这魔鬼!你这喜欢骂人的东西!我们一块儿冻死在雪里吧。"但是那个老人竟从雪堆里钻过来;他居然不是个老人,却是只兔子,连蹿带跳地逃走了。许多狗在他后面跟着。而费道尔·菲里潘奇则叫我们大家一起围着坐,并且说如果雪把我们盖住,那也不要紧,一会儿就可以暖和起来。果然我们暖和了,舒服了,不过心里还是想喝水。我就取了一只茶杯,倒着甜酒跟大家分享,自己也一饮而尽,心里边异常畅快。那个爱说话的人讲起虹的故事,——不料我们头上已经造好了用雪和虹做成的顶棚。雪果然十分温暖,和毛皮一样。我说:"现在我们每个人用雪做一间屋子,大家就可以睡觉了!"我为自己做了一间屋子,正打算进屋去;忽然菲里潘奇在雪堆里看见了我的银钱,便说:"站着!把钱给我吧。不然会死呀!"说着,拉住我的腿。我把银钱交给他,哀求他放开我;可是他们都不相信这是我的银钱,而是打算揍死我。我抓住老人的手,上去亲他,心里带着种不可形容的快乐,老人的手实在是温柔又亲切。起初他极力摆脱我,后来忽然自己又把另一只手递给我,对我异常亲近。但是菲里潘奇却走近我,威吓着我。我赶紧跑进自己屋里;可是这个并不是一间房子,却是一条长廊,而有人又在后面拉住我的腿。我极力地挣脱。在那拉我的人的后面竟放着我的衣服和一部分肉皮;我觉得很冷,并且惭愧,——最惭愧的,就是我那伯母,一手撑着太阳伞,一手挟着那个溺水的人,朝着我走过来。他们笑着,一点也不明白我对他们挤眉弄眼的意思。我连忙跳到雪车里去,两脚还搭在雪车外面,老人已经挥着手,赶过来。老人已经离我很近,但是我听见前面有两个铃铛响着,我就知道,如果我能跑到那里去,就能得救了。铃儿声响越来越大;老人已赶过来,横在我的面前,铃声也听不清了。我重新拉着他的手不住地亲着,不料老人——并不是老人,却是溺水的人。……但听见他喊道:"意格拿司卡!站住吧!这里也许就是阿美脱金的草堆!下去看一看!"这个真是十分可怕。不,最好醒了吧。……

我便张开眼睛。风把阿莱司卡的外套的衣襟儿吹在我脸上,我的膝盖也露出来了,我们的车正走在光滑的雪层上面,死沉沉的铃声也不断地响着。

我向那柴堆的地方看去!却并不是柴堆,倒看见了一所有平台的屋子和豕牙状的墙堡。我看见这所房屋和围墙,觉得没有什么意思;相比之下,我还是愿意看那长廊,听教堂的钟声,亲老人的手。于是我又闭着眼睛睡去了。

九

　　我睡得异常香甜；铃声不住地响着，在梦里，有时听着仿佛一只狗汪汪地叫着，向我奔来，有时觉得是我所奏的大风琴声，又好像是我所著的法文诗的韵律。有时我又觉得这种铃声仿佛是刑具在不断地压我的右脚脚趾。压得太利害，竟把我弄醒，不由得张开眼睛，摩擦双腿，因为觉得腿被渐渐地冻住了。夜色依旧黯淡，分不清天地。意格拿司卡依旧侧身坐着，在那里跺脚。几匹马依旧垂着尾巴，仰着头颈在深雪里走着。可是雪却堆得越来越厚了；但见雪花在前面旋转着，几乎淹没了雪橇和马腿，从上面落下来的雪花打在领上帽上。风则或左或右地来和意格拿司卡的衣领和马的鬃毛嬉戏。

　　天气越来越冷了，我刚从领子里伸出头来，那凝结的雪竟旋转着打在眉毛鼻子和嘴上面，又钻进头颈里去；我向四围一看——全是白的，光亮的雪，除此之外，竟一无所有。我不由得异常害怕。阿莱司卡盘着腿在雪车中间睡觉，他的背全被雪盖住了。意格拿司卡却并不发愁，他不住地拉着缰绳，嘴里拼命地喊着，并且不断地跺脚。铃儿响得还是这样奇怪。马儿打起鼾来，可是还在跑着，时常还会颠踬。意格拿司卡又跳起来，挥着袖子低声唱着曲调。曲调还未唱完，他已经停下车，把缰绳摔在座上，便爬下车去。风吹得太利害；雪拼命地打在衣裳上面。我往后一看，第三辆车已经看不见，大概是落在后面了。在围绕着第二辆车的雪雾里，那个老人正在那一上一下地跳跃着。意格拿司卡从雪车下来，走了两三步远，坐在雪上，解开鞋带，脱起鞋来。

我问："你这是做什么？"

他答道："换一换鞋子，不然脚就要冻坏了"说着，依旧忙着他的事情。

我想伸出头看看他怎么做的，可又觉得太冷，就直身坐着，看那辕马站在那里，正摇摆着自己盖满雪的尾巴，现出异常疲乏的样子。我正呆呆地望着，忽然意格拿司卡跳上车来，车不免震荡了一下，便把我惊醒了，我就问他："我们现在在哪里？能够到那光明之地吗？"他答道："请你放心，一定能到。现在最要紧的是换一换鞋，把腿弄暖和了再说。"

车又动了，铃声又响了，风又吼着了。我们又在无边无涯的雪海里漂泊起来。

十

我睡得很舒服。后来阿莱司卡的腿撞了我一下,我这才醒过来,睁开眼睛一看,已经是早晨了。觉得此时比晚上还冷。雪已经不下了,但是风依旧在田地里吹起雪泥。东边天上现出蔚蓝颜色;云也光明,并且轻松了。田地里能看见的地方都是白雪。只有两三处看得见灰色的丘陵,一些雪塵从那里跳过。地上一条痕迹都没有,——无论是车迹,人迹,兽迹。车夫和马背的形状和颜色,在白色的天地里显得十分明晰。意格拿司卡深蓝色的帽沿,和他的领子、头发、皮鞋都是白的。车啊,马啊,——总而言之,到处都是白色。只有一件新东西能够引起人的注意,那就是记里数的柱子。我们走了一晚上,那几匹马拉了12小时,竟不知道往哪里去,这个使我异常奇怪,可是终究也算快到了。车铃响得更加高兴了。意格拿司卡嚷喊得越发起劲;后面马儿也在嘶鸣,铃声也在响着;我们猜那个睡觉的人大概在旷野里落在后面了。过了半里路,忽然看见雪地上刻着新鲜的车迹,又露出玫瑰色的马血斑点。意格拿司卡说:"这是菲里布!可见他比我们先到了!"

一会儿道旁雪中露出一所挂着招牌的小房,这间房屋的顶和窗差不多全被雪盖住。酒店门前停着一辆车,那些灰色的马满身是汗,腿也弯曲了,头也垂下了。门旁扫得很整齐,放着一把铲子。

我们车上的铃声响个不停的同时,从门内出来一个身材高大,脸色紫红的车夫,手里端着一只酒杯,嘴里不知道在喊些什么。意格拿司卡回过身面向我,请求允许他停下车。我这才初次见他的面容。

十一

他的脸并不黑,也不干涩,和我在看他的头发身材时所猜想一样。他是圆脸,扁鼻,大嘴,明亮的圆眼,满面笑容。他的面颊和脖颈是红的;眉毛、脸部下端长着的汗毛都沾满雪花,完全是白的。那地方离驿站只剩半俄里远,我们就停下来了。当时我说:"还是快一点的好。"意格拿司卡从车上跳下来,一面说:"一会儿工夫"一面走到菲里布那里去。

他脱下右胳膊上的袖子,同鞭子一块儿扔在雪里,说:"兄弟给我吧。"说着,就低着头一口气喝尽了那杯烧酒。

那个卖酒人也许是退伍的哥萨克兵,手里提着一瓶酒,从门里走出来,问:"倒给谁呢?"

高身材的瓦西里,瘦瘦的脸上满是胡须的乡人,和肥胖的出主意人都聚拢过来,每人喝一杯酒。那个老人也挤到喝酒的那一群人里去,可是人家并不给他端酒,他只得退到系在后面的马那里去,摸马背和后脚。

那个人正和我心里所想象的一模一样:又小又瘦,脸上布满皱纹,胡子稀稀疏疏的,鼻子很高,牙齿黄澄澄的。他的帽子倒还完全是新的，可是身上穿的皮裘却已经破旧不堪；肩上，腋下，没一处不现出破绽，长度还不及膝盖，那时候他正伛偻着身体，皱着眉，在雪车旁走动着，竭力要弄热自己的身体。

那个出主意的人对他说："米脱里奇，不妨花几个钱，暖一暖身体吧。"

米脱里奇被他说动了心，迟疑了一会儿，走到我面前，摘下帽子，露出白头发来，深深地鞠着躬，一面含笑，一面说："整个晚上同你老人家在一块儿跑着，急忙忙地找路，请你赐给我几个钱，让我暖一暖吧。"

我便给了他一个"柴德魏塔"（即二十五哥币的银币）。卖酒人取出一勺酒来，递给老人。老人赶紧把揣着马鞭的袖子脱下来，去端那酒杯；可是他的大指头竟仿佛是别人的一样，不听他使唤；一个不留神那只杯子便掉在地上，酒全洒了。

许多车夫全笑起来，都说："米脱里奇真冻僵了，连酒杯都拿不住呢。"

米脱里奇看见那杯酒全倒翻了，便十分生气。后来人家又给他倒了一杯，灌进他嘴里去。他这才高兴起来，跑进酒店里去，把烟管点着火，张着黄牙，嘻嘻地笑着，说了许多骂人的话。车夫们喝完了酒，便各自散开，坐上车儿，又向前走了。

雪又白又亮，人若盯着雪看，会感觉异常耀眼。太阳慢慢从地平线升起，外围的红圈从云里穿过，显现出来。哥萨克村道旁已经有了明显的黄色的痕迹；在凝冻的压抑的空气里，略感出一种有趣的轻爽和凉意。

我坐的车跑得很快。几匹马个个精神焕发,铃声里夹着繁急的马蹄得得的声音。意格拿司卡很高兴地呼喊着;后面两个车铃也响得很利害,又听见车夫醉酒的呼叱声。我回头一看:菲里布正挥着鞭子,在那里扶正自己的帽子;老人则还是躺在雪车的中央。

过了两分钟,车已经在驿站门前的石阶旁边,意格拿司卡转过头来面向我,高高兴兴地说:"老爷!到啦!"

丽城小纪

（南赫留道甫亲王日记之一段）

七月八日

昨夜，我到达丽城，即住在这里上等的宾馆瑞柴郭甫中。

默里说："丽城（LuZern）是古代联邦的省会，位于湖岸边四个联邦中间，是瑞士国中浪漫气息最重的一个地方，有三条重要的道路通到此地；从这里坐船，1个小时就可到利笳山，在山上可以见到世上最好的风景。"

别的向导也都这样说，到底是不是真的，也未可知；可是因要目睹此景而来丽城的各国旅客多得不计其数，其中最多的是英国人。

瑞柴郭甫宾馆五层的高大楼房，是刚刚才建在湖中湖岸边，那个地方古时曾是一个木制的朽坏的桥梁，桥脚下坐落着一座钟楼，又在托顶架上设有几个神像。现在都因为英国人大批的到来，又要适应他们的需要和利益，所以已经把旧桥拆毁，就在那个地方铺设了一条沿岸大道，这条道路设有石头的基座，很平直；大道边建有一座四四方方的五层楼；楼前栽着两行菩提树，支着柱子，菩提树中间铺满了绿草，这是休息的地方。许多英国妇人戴着瑞士草帽，许多英国绅士穿着挺拔合身的衣服，在那里走着，一副非常高兴的神情。这种湖岸大道、房屋、菩提树和英国人在别处也许是很好，但在这里，在这种宏大，和谐，温柔的"自然"中，这座宾馆的景色就逊色很多了。

我走上楼，到自己的房间，打开临湖的窗一望，山水天空的"美"一下子把我震动了，使我惊骇。我感受着内心的澎湃，有一种要表现那忽然充满我心灵的热情的需要。在那时候我要抱住谁，紧紧地抱着，我要哭，我要同他（指所抱着的人）同自己做些异乎寻常的事情。

那时候是晚上七点钟。雨下了一天，到现在才停。深蓝色的湖面点缀着几点船影，显得又平又静，仿佛与绿岸一起平铺在窗前一般。离近一点——是湿润的翠绿的岸，一望都是些花园，别墅和芦草；再远些——青山一抹，山巅上戴着那白色的雪冠。湖上，山上，天上，既没有完全的界线，又没有完全相同的颜色，还没有相同的瞬间：各处都是行动不均齐，怪异无穷尽的调以及影和线的不同，万物都是安静，温柔和"美"的需要。并且在我窗前无序的，错乱的自由的"美"的中间，还蜿蜒着一根沿岸大道的白杖，一行菩提树和一些贫穷的，讨厌的人类产物，不但不能和"美"有共通的和谐，仿佛远处的别墅和遗迹一样，和这种"美"恰恰相反。我的眼光便自然而然不停地和这种沿岸大道可怕的直线闹起冲突来，非常想推开它，消灭它，仿佛拭去那在眼下鼻上的黑斑点一般；但是无论如何，那沿岸大道和游玩的英国人的影儿总留在我眼前，我就竭力要找到可以看不见这种沿岸大道的视角。我既学会了这样的浏览，便在单独观察自然的时候感受出一种不完全的，却极甜密的情感，不由得自乐其乐，一直徘徊到吃饭时候才停止。

七点半时，仆人进来请我出去用餐。餐厅在楼下，一间极大的房间，收拾得异常讲究，摆着两只长桌子，至少可以坐100人，客人慢慢聚拢来，静默的行动持续3分钟之久，但听到妇女衣裳的窸窣声、轻步声、细语声；男女个个都穿得十分华丽整洁，坐在自己的座位。瑞士这个地方一大半游客都是英国人，所以那公共餐桌的特点就是严肃的，是法律所承认的礼节，不是因为傲慢，而是根据不要拥挤的需要和很方便满足自己需要的自足态度。各处都是白色的丝服，白色的领子，白色的真假牙齿和白色的脸及手。但是这些很美丽的脸，只顾出身良好的认识，完全不注意所有附近的人，并且这些带着戒指的洁白的手的活动，也不过是为了调整领子，切割牛肉和斟酒之用；在他们的举动里，绝没有一点精神活动的影响。各个家眷之间有时还轻声谈些酒菜味道极好，利筎山风景绝佳的话，但是那些单独的男女旅客却寂寞寡欢地坐在一起，互相望都不望。如果在这百人中间有两个人互相说话，那么所说的一定是天气和登利筎山的情形，刀叉在碟子里忙动着，一点声响也没有，菜都取得很少，豌豆和蔬菜都用叉子来吃；仆人勉强服从着公众的静默，低声下气地问客人要喝什么酒。对于这样的聚餐，我总觉得异常难受，异常不舒服，不由得要引起我的惆怅。我总以为我有点错处，才被罚在那里，正像儿童时，父母因为我淘气，便让我坐在椅上，露着讥讽的神气说："好人，休息一会儿吧！"那时候筋骨里都流淌着青年的血,又听见其他房间里弟兄们欢呼的声音,当时的情景正和现在一样。我竭力想反抗在这样的用餐时刻受压迫的情感,但是徒属枉然:我对这些死脸无从反抗,而我竟也变成死脸了。我一点也不希望,不想,并且没有察觉。起初我试着同邻客谈话,但是除了那已重复千百遍的句子以外,竟找不到其他的回答。并且这些人也并不是所有都是傻的,没有感情的人,在这些死人中间,一定有许多人内心活动和我一样,也许比我还复杂,还有趣。那么为什么他们竟使自己丧失那生活之愉快呢?

记得在巴黎寄宿学校里,我们一共有二十个国籍、职业、性格都不相同的人因为受了法国人社交性的影响,便聚在一起用餐,也很有意思。于是从桌子一头到那头,个个都聊起天来,其中还夹杂着趣语和双关话,竟热闹得了不得。每个人也不管说得怎样,只把心里所想出来的都讲出来;在那里我们有自己的哲学家,自己的辩论人,自己的笑柄,所有全是公共的。饭后我们就立刻把桌子推开,在满着灰尘的地毯上跳起波尔卡舞(la polka)来,也不管究竟合不合调,直跳到晚上才停。在那里我们自然是装作高兴,不很聪明的人,却总还是个人。我们大家都互相以人类相待,以友谊相交,彼此撤去那轻松的或真实的心的回忆。至于在英国式的餐桌上,我看着这些丝衣、金饰、光滑的头发、侍童,便常想有多少活的妇人因为佩戴着这些装饰而感觉幸福,又能使别人感觉幸福。想着真奇怪,这里有许多好朋友和情人竟坐在一起,不了解这个。他们竟永远不知道这个,互相也永不会给那极容易给的,并且是他们非常愿意分享的幸福。

这样想着，我心里更加难受起来，竟没有吃饱，就快快到街上去游逛。街道又窄，又污秽，又没有电灯，店铺都已关门了，见到的都是些酒醉工人和提着水桶的妇人，他们在小巷里走着，我看着，不但不能驱除我忧愁的心情，反倒无端增添几分愁丝。等了一会儿，街道上更黑了，我便摒除脑子里的一切思想，再也不去关心那四周的景物，匆匆地走回家了，希望用睡梦来逃脱那黑暗的忧思。那时候我的心灵异常冷淡，异常孤苦，异常难受，正好比在迁移新居的时候所发生的情形一般，毫无明显的原因。

我顺着沿岸大道到瑞柴郭甫宾馆去，低着头只瞧自己的脚，忽然有一种很奇怪，却很和蔼可亲的音乐声音吹进我的耳朵。这种声音一刹那间感动了我，仿佛一种明鲜，快乐的光穿进了我的心灵。我便高兴快乐起来。我那已睡熟的注意力重又回到所有周围的事物上面。夜景和湖景的美，以前我置之淡然，现在它们又很新鲜地使我惊愕。我同时体会出黯淡的天色，鲜明的月光，深绿色的平静的湖水，浓雾遮着远远的山，弗莱升布格的蛙鸣声，和小虫在草里唧唧的鸣声。我看见前面传出很大声音的地方围着一大群人。离这群人的几步路的前方便站着一个戴黑帽的矮身材的人。在这群人和这个人的身后，几棵乌黑的园松和两个尖尖的塔顶高耸入灰色且带些蔚蓝色的天上。

我走得越近，声音便显得越清切。我很明显地分辨出刚才在空气里震荡着的音乐声原来是弦琴的和音。琴调仿佛是"玛左尔卡"

乐。声音听着或近或远，一会儿是尖音，一会儿是洪音，一会儿是喉低音。这个并不是歌，却是歌的巧妙的雏形。我不明白这到底是哪种乐曲，但是这是很美妙的声音。

那生活的错乱的，不得已的情感忽然对我来说很有意义，而且很美妙，此时在我心灵里仿佛开着新鲜芳香的花。一分钟以前我所感受的厌倦，烦闷，和对世情的冷漠，现在都已消失，忽然感受出爱的必要，希望满满和生活的无理由的快乐来。梦想什么？希望什么？我不由得觉得那美和诗意从四面环绕着我。尽你力量，张着大口把它吸入吧，尽你的需要，自己享受吧！这全是你的，这全是幸福。……

我又走近一些，那个矮人仿佛是旅行的提洛尔人。他站在宾馆窗前，交叉着脚，头向上仰着，在那里奏着弦琴，用各种声音演奏那优雅的歌曲。我立刻对这个人有种热烈的感情，并且感谢他能给我一个转机。那个歌者穿着旧黑衣裳，头发黑而且短，头上戴着商人普遍都会用的旧帽子。看他的衣裳一点也没有艺术家的气息，但是彪悍的又孩子气似高兴的神情和举动，因为他身材太小，便越显得可笑可怜。在华美的宾馆门前窗前和平台上，站满了穿着阔绰，衫袴宽大的太太们，戴着白色领结的老爷们和穿着金黄色制服的仆役们；街上人群中和菩提树夹道中也聚着不少制服齐整的侍役和厨役，还有一些互相拥抱着男女游客。大家全都感受着与我同样的情感。大家全都默默地站在歌者附近，很认真地听着，那时候万声都已寂静，只在歌声暂歇的时间里，远远地从水上送来一阵击砧的声音和蛙鸣之声。

那个矮人在街道中心黑暗中，仿佛黄莺似的唱了一曲，又唱一曲。虽然我站在他面前听着，但是他的歌声依旧能使我得到绝大的快乐。他那低小的嗓音听着异常可爱，能令人有一种异乎寻常的风味和情感，显出他具备绝大的天才。

在人群里，宾馆楼上，夹道旁边，时常可以听见一些赞许的微语声，并且坚守着恭敬的静默。在平台上和窗边那些阔绰的男女越聚越多，互相挨着肩在那里听着。游人停下来，沿岸大道菩提树旁边都三三两两站着些男女，有几个贵族气的仆人，厨役，站在我旁边，离开那群人稍远，在那里抽着雪茄烟。厨役很强烈地感受着音乐的佳妙；在每一次高唱入云的时候，他便用脑袋向仆人摇着，又用手肘去挤他，仿佛在说："啊，唱得怎样？"那个仆人脸上堆满微笑，由此也可以看出他所感受的快乐，当时厨役挤他，他便耸着肩回应他，表示这个没有什么可惊奇的，并且比这个好的他还听过很多呢。

在歌声停歇，歌者在那里咳嗽的时候，我便问仆人那人是谁，是不是时常到这里来。他答道："夏天他差不多来两次，他是阿尔郭哇人。他是借着这个行乞的。"

我问："这种人平常来得多不多呢？"

那个仆人起初没明白我所问的话，只答道："是，是。"之后才体会出我的问题，赶紧又说："啊，不！我在这里只看见过他一个人。别的人就没有见过了。"

这时,那个矮人已经唱完第一首歌,便赶紧扔下弦琴,用德语说了几句我不太明白的话,却引起周围一大群人大笑起来。

我问:"他在说什么?"

站在我旁边的那个仆人翻译给我听,说他的嗓子干了,要喝一点酒。我又问:"怎么,他真的爱喝酒吗?"仆人一边笑,一边用手指着他说:"不错,这些人差不多全是这样的。"

之后歌者脱下帽子,摇着弦琴,便走进宾馆里去。他先向那些站在窗旁和平台上的老爷太太们深深鞠了一躬,用那半意大利,半德国的口音说:"我是苦人,请赏赐一点给我吧!"他说到这里,停顿了一会儿;后来他看见竟没有一个人肯给他钱,便又抬起弦琴说:"诸位老爷太太们,现在我再给你们唱一遍利筛山之空气的曲子吧。"楼上的人都还继续站在那,静默地等着听第二支曲子,下面的人群却都在那里偷笑,仿佛笑那个卖歌人说话说得十分奇特,又仿佛笑大家都不肯给他钱。我就给他几个"桑丁"(法国银币合法郎百分之一),他很轻巧地用手数着,放在袴袋里面,戴上帽子,重又唱起极优雅可听的提洛尔歌曲,就是他所称为利筛山之空气的那支曲调。这支曲调他特地放在后面来唱,比以前那几支曲子好得多,那时候在人群之中只听见赞许的声音。后来他又唱完了,便又摇着弦琴,脱下帽子,举在前面,又向窗那里凑近两步,重复着说那几句要钱的话,他自以为这几句话说得十分灵巧,其实从他嗓音和举动里,都能看出一种不确定和稚嫩的胆怯的态度来。高贵的听客们依旧站在平台上和窗前,互相比耀阔绰的衣服;有些人在那里细声讲着话,大概说的是那个伸着手站在他们面前的卖歌人;有些人俯身看那人又小又黑的脸,露出好奇的态度,在一座平台上听见那年轻女郎响亮的,高兴的笑声。从底下的人群只能听见嘈杂的语声和讪笑声。歌者第三次重复他那句话,声音十分微弱,还没有说完,便重又伸出那只拿着帽子的手,却立刻就放下来了。但是这好几百听众中间竟没有一个人肯投给他一个钱币。众人又哈哈大笑起来,毫无一点怜惜的态度。那个小卖歌人,那时候我感觉他更加渺小了,但见他一只手提着弦琴,把帽子高高举着说:"诸位老爷太太们,我很感谢你们,祝你们晚安。"说完话,便把帽子戴上了。此时群众笑得越发利害。平台上那些美丽的男女互相谈着话,又慢慢隐藏起来了。夹树道上的游玩重又开始。唱歌时候寂静的街道现在又热闹起来了,仅有两三个人远远地离开了他,一面向他望着,一面笑着。我听见那个人自己喃喃地说了几句话,便回过身来,迅步向城市那边走去。有些好事的游人却还望着他,在后面跟着他,并且笑着。……

我竟看出了神,也不明白这是什么意思,一直站在那里,无意识地看着黑暗里那个迈着大步,向着城里走,渐走渐远的小人,和那些追赶在他后面的游客。我心里很痛苦,很忧愁,并且对于那个小人,对于群众,对于自己都极抱愧,仿佛我自己在那里要钱,别人又不给我,却在那里笑我的神气。后来我就带着那烦闷的心思,迅步走上宾馆台阶。我自己还不能明白我所感受的是什么;不过有一种难受的,不可解决的东西充满了我的心灵,压迫着我。

在照耀得通明的大门那里,我迎头看见一个很恭敬站在一旁的看门人和一些英国人。强悍的,帅气的,高个子的男子,长着几道英国式的黑须,戴着黑色的帽子,手里持着一根名贵的手杖,懒洋洋同一位穿丝衣,戴头饰的妇人在那里走着。他们旁边又走着一位姿容艳丽的姑娘,戴着一顶优雅的,带着羽毛的瑞士帽子。后面一个十岁的小姑娘,面色红得可爱,膝盖显得又肥又白,在那里连跑带跳地跟着。

我刚从他们身边走过,但听见那位妇人柔声说:"真是良夜啊!"那个英国男子当时只懒洋洋答应了一声"哇!"看那样子,仿佛他在世上生活得太好,竟连口都不愿开一开了。他们全觉得活在世上很安逸,很方便,很干净并且很容易,因为这个缘故,所以从他们的一举一动以及脸色上,随处都可以表现出对所有情感的冷漠来,并且坚定地认为看门人应该对他们鞠躬,应该在一旁侍候,又相信自己一回去,便能找到那干净的,舒服的床铺和房屋;他们总以为这是应有的事情,对于所有这些,他们是有权利去享受的,——不由得让我拿这种状态来和那个旅行的歌者那疲乏且饥饿的状态,以及他忍着耻辱从那群讪笑他的人那里逃避的情形比较一下,那时候就仿佛一块重石压在我的心上,使我有种对这些人莫可名状的厌恶。我在那个英国人身旁来回走过了两次,故意不避开他,用手肘推他,后来就走出大门,顺着大道向黑暗里走去,走的正是那个小人物逃去的方向。

后来我赶上同行的三个人,问他们歌者在哪里;他们笑着向前面指给我看。原来他正一人迅步走着谁也不想去靠近他，他不住在那里生着气，喃喃地不知说些什么话。我赶到他面前，请他一块儿去喝瓶酒。他听了这话，依旧迅步走着，还很不满意地看着我；后来弄明白是什么事情，这才止步说："你既是这样好意，我怎敢谢绝呢？这里有间小小的咖啡馆，很平常的，——可以到里面去。"说着，他指着那一间还开着门的小卖店。

他说出一个"平常"的字来，不由得让我不想进平常咖啡馆，想到瑞柴郭甫宾馆去的意思。当时我就对他说出这个想法，他露出胆怯的惊慌的样子，屡次向我辞谢，说瑞柴郭甫宾馆陈设得太华美，实在不配穷人去，后来禁不住我几番劝说，他便假装镇定，很高兴地拿着弦琴，又同我一起原路返回。有几个闲逛的游人，当我走近歌者的时候，就聚拢来听我说话，后来又跟我们走着，还在那里互相议论，直跟到宾馆大门那里才止，极希望能再听提洛尔人几支歌曲。

我在前室里遇见一个侍役，便问他要一瓶葡萄酒。那个侍役却笑着，看了我们一下，竟毫不回答，掉头走过去了。后来又遇见一个老侍役，我便又向他要酒，但见他一边很严肃地听着我的话，一边却用两眼从头到脚，盯着那个胆怯的，矮小的歌者，后来就吩咐看门人领我们到左边大厅那里去。左边的大厅是供平常人用的零杂房屋。一个伛背的女仆正在屋角里洗器具，屋里桌椅家伙都是木制的，并且是亮白的。一个侍役过来侍候我们，一边含着讪笑望着我们，一边把手插在口袋里面，同那个伛背的女仆说了几句话。他竭力做出那种样子，以使我们体会出他自己所处社会上的地位和特质都比歌者高出万倍，所以他侍候我们，不但不引为耻辱，反倒存着种很是取笑的意思。

他一边向我做着眼势，一边双手不住地抛那菜单，一边说："要喝平常的酒吗？"

我竭力做出那种骄傲的，伟大的样子，于是就说："要最好的香槟酒。"但是香槟酒和我那种骄傲的，伟大的样子都不能够影响那个侍役：他只笑了一笑，看了我们一下，又慢吞吞看着那只金表，轻步出屋而去。一会儿他就带着一瓶酒回来，后面又跟着两个仆役。其中有两个人坐在那个洗器具的妇人旁边，很认真地盯着我们，脸上露出一种笑容，仿佛当儿女很快乐游玩的时候，父母对他们可爱的儿女注视的神气。只有一个伛背的仆妇并不笑，却显出赞成的样子。虽然在这些仆役眼里，我同歌者谈话，还和他喝酒，觉得很难受，并且不合适，可是我还竭力使我自己不去管那些事情。在灯光底下，我把他看得很清楚。他身体很小，却十分合度，鬃毛似的头发十分黑润，眼睛又大又黑，露出伤心的样子。他还有不多的胡须，穿着极平常，极穷困的衣服。他身体很不干净，衣衫又极破烂，具有一副劳工的样子。他不像个艺术家，却像个穷商人。看他样子猜他是二十五岁到四十岁的模样；其实他是三十八岁。

于是他极心平气和，并且很诚恳地对我讲起自己的生平。他是阿郭魏人。幼时即丧父母，毫无别的亲人。他也没有什么财产。他起初学习木工，可是二十年前，他手上生了骨疡病，竟不能够做工。他从小就喜欢唱歌，于是就唱起歌来。外国人有时还给他一点钱。因此他就以此为职业，买了一只弦琴，十八年来旅行瑞士和意大利等处，在旅馆门前唱歌。他的所有行李就是一只弦琴，和一个钱袋，钱袋里也只放着一个半佛郎，以备当天晚上住宿之用。他每年都要到瑞士各处有名的地方如齐李赫、丽城、影太拉根、沙磨尼等地去走一遭；后来就从圣白纳到意大利，又从圣高塔或萨倭耶回来；如此者已经有十八年之久。现在他走起来却显得很痛苦了，因为他感冒的缘故，自己腿上的痛处也一年年的加剧起来，他的眼睛和嗓音也都变得虚弱了。虽说如此，他现在还要到影太拉根去还要从圣白纳到他一直钟爱的意大利去，总而言之，他大概也对自己的生活极为满意。我问他为什么要回家去，那边有没有亲友，田地，房屋；他便一面笑着，一面回答我："Oui, le Sucre est bon, il est dovx pure les efonts'.（不错，糖是好的，孩子们尤其喜欢甜啊！）"说着，他用眼睛对那些仆役示意了一下。

我不明白是什么意思，可是仆役们却都笑起来了。

后来他讲给我听："没有什么，也不是我特地要去的。因为无论如何，总要走到家乡，所以我到家里去啊！"说完又笑起来了。仆役们也十分满意，都笑出来；那个伛背的仆妇这时候也睁着大眼很严厉地看那小人物；他在谈话中间偶然把帽子扔在地上，她便给他拾起来。大凡旅行的歌者和魔术师都喜欢自称为艺术家，并且屡次暗示给同他谈话的人，说自己是艺术家；但是他却不承认这种性质，只把自己的事情看作谋生的方式。后来我问他所唱的歌曲是不是自己编的，我当时对这个问题很好奇，却回答说这是古代提洛尔的歌曲。

我又问："我想利笛曲不是古代的吗？"

他道："不错，这是十五年以前所编的。在巴齐尔有个德国人，人极聪明，这支曲就是他编的。真是极好的歌曲！这是为旅客编的。"

于是他就把这支曲译成法文，唱给我听，那时候几个仆役都聚拢来，听着，可见他们也认为这个是很好的歌曲。

我又问："不过曲子又是谁编的呢？"他道："也没有谁编：这个嘛，知道为外国人唱歌，应该有点新鲜的东西。"

当人家给我们送冰，我替他斟香槟酒的时候，他露出不自在的神气，望了那些仆役一眼，便回过身去了。我们为艺术家的健康干杯；他喝了半杯，放下杯凝想了一会儿，皱着沉思的眉头。

他说："我好久没有喝过这样的酒了。在意大利的达司帝葡萄酒已经很好，这个却还要更好些。唉，意大利啊！住在那里真是舒服呀！"

我打算借此引出他刚才在宾馆门前不成功的情形来，便说："是的，那边很知道尊重音乐和艺术家。"

他说："不，关于音乐这方面，我没能使任何人得到多少愉快；因为意大利人自己就是世上独一无二的音乐家，我给他们唱的不过是提洛尔的歌曲，这才是他们新鲜的玩意呢。"

那时候我又打算表现我对于瑞柴郭甫宾馆里人嫉恶的心思，所以又说:"那边先生们气度不是很大吗?无论如何绝不会发生像今天晚上在富人居住的大旅馆里有一百多人听着唱歌,却一个钱也不给的事情吧?"

我的问题所起的效力并不如我的预料,他并没有对他们怀有点仇恨,他惟有责备自己的天才还引不起奖励来,他说:"不是每次都能够得到许多钱。有时候嗓音哑了,身体疲倦了,唱得就不好;并且我今天差不多已经走了九个小时的路,唱了整天的歌了。这是很难的事情。那些贵族老爷们有时候还不愿意听提洛尔的歌曲呢。"

我又说:"无论如何,怎么能一点钱也不给呢?"

他道:"不但如此,在这里还要受警察的欺压呢。根据这边共和国法律,是不准唱歌的,可是在意大利你可以任意做你愿意做的事情,谁也不会说一句话。但是在这里如果愿意准你,就准你,如果不喜欢,就能够把你投进监狱。"

我道:"难道是这样吗?"

他说:"这是真的。如果他们已经告诫过你一次,你却还要唱,那就可以把你放在监狱里去。我还曾坐过三个月的监牢呢。"说着,他笑起来,仿佛这是他一生回忆中最有趣的一段事实。

我说:"啊,这真可怕!为什么要这样呢?"

他继续说:"这是他们共和国里的新法律。至于穷人的生活问题,他们是一概不管的。如果我不是残废人,那我也可以做工。难道我唱歌,对别人还有什么害处吗?这是什么意思,富人随便怎样,都能够生活,像我这样的穷人就不能生活了吗?这就是共和国的那一种法律?如果是这样,那么我们也不必要什么共和国。先生,你看是不是?……我们只愿意……我们只愿意……我们只愿意要自然的法律。"

我给他倒了一杯酒,说:"你不喝吗?"

他手里端着酒杯,向我鞠了一躬,又皱了皱眉头说:"我知道你心里想些什么。你想灌醉我,看我能做出点什么事情来;但是,你是不会成功的。"

我道:"我为什么要灌醉你呢?我不过想让你快乐罢了。"

那时候他觉得他冲撞了我,把我的意思想得很坏,他便不好意思起来,站起身来,握我的手肘。他用水汪汪的眼睛向我看着,露出哀求的样子说:"不,不。我不过这样同你开玩笑罢了。"

接着他就说出一种极错乱,极狡猾的句子,仿佛借此表明我是个好人。他说:"并且我并没曾讲你呀!"

于是我又继续同歌者饮酒谈话,仆役们也依旧远远地望着我们,讥笑我们,我一方面谈话谈得十分高兴,一方面也在那里留心他们,瞧见那种样子,实在有点生气。其中有一个人忽然站立起来,走到小人物面前,看着他的头,笑起来。我本来就对那些人存着嫉恶的心思,正苦无处发泄,现在这些仆役竟来惹我生气。后来有一个看门人走进来,并不脱帽,竟坐在我旁边。这件事情触动了我的自爱心或虚荣心,使我能乘机发泄自己一晚上蕴积在心里的恶念。为什么刚才在大门那里当我一人走着的时候,他会向我恭恭敬敬地鞠躬，现在却因为我坐在旅行的歌者旁边，他就敢毫不经意地同我并排坐着呢？那时候我简直怒气冲天；这种沸腾的嫉恶的心理深深刺痛着我，使我能在最短的时间内生出那肉体和精神的强大力量来。

我便从坐位上跳起来，对那仆人喊道："你笑什么？"那时候我觉得我的脸变白了，嘴唇也麻木不灵了。

那个仆人一下子倒退几步，一面说："我并没有笑呀。"

我喊道："不，你笑这位先生。当这里有客人的时候，你有什么权力能到这个位置来，并且坐在这儿呢？你竟敢坐在这儿吗？"

看门人嘴里喃喃说了几句，便向门那里走去。

我又喊道："你有什么权利讪笑这位先生，并且同他坐在一块，当他是客人，你是仆人的时候？为什么在吃饭时候你不讪笑我，并且同我坐在一块？不是因为他穿着破衣服，并且在街上唱歌的缘故吗？是因为这个吗？但是我却穿着很好的衣服。他固然穷，但是他总比你好上千百倍，这是我敢深信的，因为他并不羞辱任何人，你却羞辱了他。"

那时候我那仇敌仆人很胆怯地回答我："先生，我并没有怎样。难道我妨碍他坐着了吗？"

仆人不明白我的意思，因为我德国话说得不大清楚。那个粗鲁的看门人护着仆人，但是我怒气冲冲地注视着他，所以看门人只得假装着不明白我的意思，向我摇起手来。那个伛背的妇人，也许已经瞧出我生气的样子，一来惟恐发生冲突，二来也许赞成我的意思，便偏向我这一方面，站在我和看门人中间，劝他不要再说话。说我有理，并且请我消消气。那个卖歌人脸上却变成又可怜，又惧怕的颜色，不明白我为什么生气，并且要做什么事情，竟也劝我赶紧离开这里。但是我却越说越生气了。那时候我既想起那些笑他的群众，又想到那些不给他钱的听客，觉得世上不平的事情未免太多了。我想如果仆役和看门人要是不这样柔弱，那么我一定要同他们打起架来，以泄我心中的愤气。

后来我拉着一个仆役的手，不让他走掉，厉声问："为什么你把我同这位先生领到这一间屋里来，却不领到那间大厅里去呢？你有什么权柄能够用相貌来决定这位先生应该在这间屋子里，却不应该坐在那间大厅里呢？难道在客店里，花同样的钱待遇却不同吗？难道在共和国是这样，在全世界也是这样吗？你们这种黑幕重重的共和国！……这就是所谓平等吗？至于英国人，大概你们就不敢领他们到这里来了，就是那些白听人家唱歌的英国人，就是那些每人偷去他们本应给几个钱的英国人。你敢跟他们说这个理吗？"

看门人答道："那个大厅开着呢。"

我喊道："不对，并没有开着。"

"那么你知道得多了。"

"我知道，我知道你们在那里说谎。"

看门人背着我，回过头去说："唉，这是怎么说呢！"

我喊道："不必怎么说，立刻领我到那个大厅里去。"

无论伛背的妇人怎样劝我，那个歌者怎样求我让他好好回家去，可是我还在那里要求仆役总管让我同我那位谈友一块儿到那个大厅里去。那个仆役总管看见我那种生气的脸色和刁恶的嗓音，再也不和我辩论，只带着那种又恭敬又轻视的神气，说我随便什么地方都可以去。我不能向那个看门人证明他在说谎，因为他在我进那间大厅以前已经隐藏起来了。

大厅门是开着的，并且灯光燃得通明，桌旁坐着一个英国人同他夫人在那里用餐。当时有人指给我一只特别的桌子，可是我不去理他，竟同那个污秽的歌者坐在那英人旁边，吩咐仆役把那没有喝完的酒瓶取来。

英国人看着那小人物不死不活地坐在我旁边，便露出又惊奇又嫌恶的神态；他们男女两人不知在那里说了几句什么话，那个女人连忙推开碟子，立起身来，双双走出去。我看见那个英国人在玻璃门后面，恶狠狠同仆役在那里说话，不住地用手向我们这边指过来。仆人从门外探进头来，探望了一下。我很希望，希望有人来赶我们出去，便又能够在他们身上发泄我一腔不平之气。可是人家竟没有来惊动我，当时想着，未免不快。

歌者起初推辞着不多喝酒，现在却把在瓶里所剩的酒都喝尽了，为的是喝完了可以赶紧告辞，出去。但是他感谢我对他款待之情。他的泪眼越发显出哭泣的神态，他对我说那极奇怪极错乱的道谢句子。他说如果大家全能像我这样尊敬艺术家，那么他的境遇就可以好了，他又说他希望我幸福，这些话我听着都很舒服。我就同他一块儿走出外屋。那边站着几个仆役，那个看门人也在其中，大概正在那里向他们抱怨我。他们全看着我,仿佛疯人一般。我特意表现同那个人很客气,便很恭敬地脱下帽来,和他握手,那些仆役都做出对我一点不加注意的样子。只有一个人笑了一下。

当那个歌者弯着腰,向黑暗里走去的时候,我便上楼回到自己屋子,打算消灭所有这些印象,和稚气的嫉恶心理。但是恐怕就这样睡觉,势必在梦里愈加不安,我便又走到街上去,一来可以散着步,平一平气,二来却还在希望找到一个同看门人、仆役或英国人遇见的机会,而向他们宣告他们的残忍和不公平。但是除去一个人看见了我,背过身去以外,竟遇不见一个人,只得自己在沿岸大道上来回地走着。

等了一会儿,我的心略微平静了,自己便寻思着:"命运真奇怪呀。全都爱他,寻求他,一生一世去寻求他,但是谁也不能承认他的力量,谁也不去尊敬这世界的幸福,并且不去尊重和感谢那些给人类幸福的人。请问随便什么人,问所有住在瑞柴郭甫的人,世上什么是最好的幸福?其中至少有99%人要显出讪笑的样子,并且告诉你那世上最好的幸福是银钱。他们一定要说:'这种思维也许你不大喜欢,并且和你高超的理想相悖,但是人类的生活这样建筑着,唯使银钱才能给人类带来幸福;那么究竟有什么法子呢?我是不能不让我的智识看见它现有的光明,只看见普世的银钱价值观。'你们的智识和你们所欲求的幸福真是可怜;你们是不幸的人,自己竟会不知道你所应做的事情。……为什么你们弃去自己的祖国,本乡,职业和银钱事业,而聚在瑞士的小城丽城那里呢?

为什么你们今天晚上都聚到平台上来，又恭敬又静默地听着那小乞丐唱歌呢？如果他还愿意唱歌，你们还能静默地听着。但是如果要你们花钱，你们还能巴巴从祖国赶到这里，聚在这个瑞士的小城里吗？还能够聚在平台上静默地听人家唱歌至半小时之久吗？那是决不能的！'创造'这个字是你们所讪笑的，你们用当做讥笑的责备，你们使孩子和傻傻姑娘爱那创造的东西，你们都笑着他们。其实孩子们把你们看得很清楚，并且知道人应该相爱，应该给人以幸福；只有你们的生活是很错乱的，是很淫荡的。你们这样错乱，竟不明白，那你们对于使你们得到纯洁的快乐的提洛尔人应有的契约，而同时在贵族面前无利害，无快乐的屈伏着，或者要牺牲自己的安宁和利益，对于这种你们反倒认为有必要了。这真是荒唐，真是不可解的无意识事情！但是今天晚上那使我得到最强烈的感触的还不是这件事情。这种对于所给予幸福的不察觉，这种对艺术的快乐的不承认，我也很明白，并且在一生里也为经常遇到群众的粗鲁的无意识的残忍并不觉得是新闻；无论国民思想的拥护人怎样说话，群众虽然是好人的结合，但是很多时候只表现禽兽的，污秽的方面，只表现人类自然的弱点和残忍。但是你们是自由的，人类的，民族的儿子，你们是基督徒，你们是个人，你们为什么对那不幸的，哀苦的人所给你们纯洁的快乐竟报之以冷淡和讪笑呢？固然在你们福国里有为乞丐造的居住所。——乞丐是没有的，也是不应该有的，自然也不应该有那对乞食者附的恻隐之心了。但是他能劳动着，他能博你的欢喜，他会用他自己的劳力（为你们所享受他的）求你们从你们余剩的钱中给他一点。可是你们却在你们伟大的宫殿上，冷笑地观察着他，视同珍物，而在你们一百个幸福的富人中间竟找不到一个人能投给他一点钱。他只得很惭愧地离开你们，而无意识的群众却还一面笑着，一面跟着他，加以耻辱；因为你们是冷淡的，残忍的，无理性的，因为你们偷了他所给予你们的快乐，群众才敢加以耻辱。"

"一八五七年七月七日在丽城，富人驻足的瑞柴郭甫宾馆面前，有个流浪歌手奏琴唱歌，持续半小时之久。差不多有百人听着他的歌曲。那个歌手三次求众人赐以银钱。没有一个人肯给他，反倒笑起他来。"

这是真实的事情，绝不是谎话；好事的人可以向瑞柴郭甫宾馆里常住的人打听一下，还可以在报纸上查一查七月七日有谁住在瑞柴郭宾馆里面。

这件事情，现代的历史家应该用千古不磨的字句写出来。这件事情比在报纸上，历史上所写的事实真得多，要严谨得多，意义深得多。关于英国人杀死一千个中国人，关于法国人杀死一千个加皮尔人，关于常备军怎样有益于军队的组成，关于土耳其驻尼泊尔公使是不是犹太人的问题，以及关于拿破仑大帝步行布浪彼，向人民发出公告他称帝只依着全体人民的意思，——这些事情，这些话早已显出来，真相已经很明白了；但是七月七日在丽城所发生的事件，我觉得很新，很怪，不是关系到人类自然的，永远的，恶的方面，却关系到社会发展的一定阶段。这种事实，并不为了人类行为的历史，却为了进化与文化的历史。

为什么这种非人类的事实，不发生于任何德法意各乡村，竟会发生在这里——文化之邦，自由与平等达到最高级，并且聚集着许多文明国家的文明人类的地方呢？为什么这些文明的，慈善的人能做各种公共的慈善事业，竟没有把人类慈悲的情感放在个人的慈善事情上呢？为什么这些人在议院里，在集会上很热心留意看中国未婚男子在印度的状况，留意着非洲某教义及文化的传布并且热心组织全人类的改良会，而竟在自己的心灵里找不到那人类间普通的原始的情感呢？难道并没有这种情感，而可以用在议院里，在集会上所支配的虚荣心，献媚心来占据这个位置吗？难道文化人类理性的，自爱的集会的发展能消除并且反对天性的，爱情的集会之需要吗？难道流出许多不清白的血，造成许多罪恶，这就叫做平等吗？难道民族好比小孩，只需呼出一声"平等"的话，便能算做幸福吗？

平等是在法律之上的吗？难道人类的生活发生在法律的范围内吗？只有0.1%属于法律范围，其余部分都在其外，只有0.1%在社会的风俗与关注的范围以内。但是在社会上，仆役的衣服比歌者穿得讲究，所以能羞辱他，毫无一点忌惮的心思。我的衣服比仆役穿得讲究，所以我也能羞辱他，肆无忌惮。看门人看自己比我低，比歌者高：当我同歌者联合的时候，他自己以为与我平等，所以便有些粗暴的举动。后来我既同看门人发火，——看门人便认自己低于我。仆役既同歌者发火，——歌者便认自己低于他了。那种有正面想法的人投身于"善""恶""事实""比例""反对"的永动无尽的海洋里，真是不幸并且可怜啊！人类一世劳动，为了一方面趋向"善"一方面趋向"恶"。时代一天天过去，无情的智慧投在善恶的天平上，而这个天平在"善""恶"两方面，无论哪方面都不能动。如果人仅仅学着屏思绝虑，并且对于那终成为问题的问题不加处理，会怎样！如果人仅仅明白各种思虑已经是假设的，又是有理的呢，又会怎样！一方面是假设的，是因为人不能够明白所有真理，有理的是因为能表现人类一部分的选择。人在这种永动无尽的大洋中间分析自己，并且在其中划清那想象的界线，等候着海洋也能这样分析。从别种见解里，在别种平面上看来，实在没有几万种的分析。虽然永远有新的分析被发现，但是过了一世，便也过去了几万种分析。文化是善，野蛮是恶；自由是善，强迫是恶。这种想象的知识能够消灭在人类天性里自然的，幸福的原始的"善"的需要。谁能够给我定义什么是自由，专制文明，野蛮呢？两方的界线何在？这种善恶之尺、用以衡量飞跑的，错误的事实，在谁的心灵里能不加动摇呢？谁有偌大智慧，能在不动的过去里依据所有事实，而加以衡量呢？谁见过那善恶合在一起的状态呢？为什么我看见一个很严重的善的缺失，是因为我站在现在的角度吗？谁能够一刹那间从生命里完全屏绝智慧，以便独立俯看那生命呢？我们只有一个修改错误的指导者，全宇宙的神，能够洞察我们一切人和单位的人，能够把应有的趋势放入每人身上，这种在树里命它向阳而植，在花里命它秋天撒布种子，在我们这里却命我们无意识互相倾轧。

所以这种不可思议的，安宁的声音能掩闭文化热烈地，急速地发展。谁是人，谁是野蛮：是那个看见歌者破碎衣裳后就逃避开去，并且不肯给那歌者一点钱，却吃饱了饭，坐在光明，舒服的屋子里很安闲地讨论中国事件，而以在那里所做的杀害事为有理的贵族吗？是那个屡陷于监狱，二十年来口袋里只有一个佛郎，离乡背井爬山越岭，用自己的歌声来慰安人类，晚上却又疲又饿又羞，睡在肮脏草地上歌者吗？

那时候在晚间万籁寂绝的境界里远远地从城里吹来一阵阵的弦琴声和歌声。

那时我自己以为自己也是没有权利去哀怜这个人，并且不满意贵人的幸福。谁能衡量这些人中间，每个人心灵里的幸福呢？现在他正坐在污秽的门槛上面，看着明亮的月光，在寂静的良夜里唱着愉快的歌；在他心灵里没有一点责言，恶意和忏悔的心思。谁还能知道那些富贵的人们现在是受怎样的心灵呢？不知道在这些人心里有没有那无挂虑生活的快乐滋味和同宇宙的协意，比这个小人物心里的多呢？如果允许，并且存在这些做谬事的人，那么其（指上帝）慈悲和圣哲真是无尽极啊。只是你这微小的虫，预备着贯彻他（指上帝）的律法和旨意的，能够觉出那背谬的事情来。他从光明的无可衡量的高处静静地望着，伴着无尽极的和谐，在这种和谐里你们大家全背离旨意着,无尽极地进行起来。你因为自己的骄傲,想着逃出公共的律法以外。不,你也有不满意于仆役的心,你也应该对"永远"和"无尽"的和谐的需要负点责任啊。……

伊拉司

在乌芬省里住着一个巴希开人，名叫伊拉司。伊拉司的父亲活着的时候，并不富裕，是个勤俭持家的人，勉强替他儿子娶了媳妇；不到一年自己就撒手长辞了。那时他父亲所遗的资产不过七条公牛，两只母牛，二十头绵羊。然而伊拉司自从自己当家，便同他妻子整天作工，勤苦非凡；早晨起来总比别人早，晚上睡觉总比别人晚。天天如此，劳苦了共有三十五年。每年积蓄下许多金钱，就慢慢成了本地的大富翁。

他一共有两百匹马，一百五十头牛，一千二百头羊，雇了许多牧马羊的工人。又雇乡妇多人，叫她们喂牛，挤马酪，做牛油；顿时仆婢成群，各乡邻没有一个不羡慕他，忌妒他。他们背地里常说："伊拉司真是交好运的人！穿的也阔吃的也好，要什么有什么。像这种人活着才有味呢！"那时候伊拉司也结识了很多有钱有势的人，同他们的交情都很不错。那些人慕他有势，都从远方来投他，他也个个待得很好；解衣推食，丝毫没有吝色。只要有人来访他，立刻杀羊宰猪，忙作一片。把马酪，清茶，羊肉，许多食物拿出来待客，如果客人来的多，就要把大肥牛宰食了。

伊拉司生了两个儿子，一个女儿；儿子都已娶妻成室，女儿也出嫁了。当伊拉司穷乏的时候，两个儿子都同他在一块儿做工，过那牧马喂羊的生活，等到他一成富翁，两个儿子也都养起高贵气来。田地也不种了，竟是游手好闲；都染得了纨绔的习气。大儿子很爱喝酒，喝醉之后，每每打架生事。有一天竟被人打死，小儿子娶了一个泼妇，那妇人整天在她丈夫面前造弄是非；闹得家宅不安，儿子也不听父亲的话，逼得伊拉司不得不与他儿子分开住。

伊拉司给他儿子房屋，牛马，让他们两口子搬到外边去住。这么一来，他的财产就少了许多。忽然又病死了好些羊，又遇着荒年；种的谷粒全不生长，冬天又死了许多牲口，好马也都染疫而死。那时伊拉司交了否运，自己又当精力就衰之年，卖力气的事情不能亲自去做。他的财产已所剩无几；直到他七十岁，皮服，庄稼，马具，厂车，种种家具变的变了，卖的卖了。伊拉司竟成了一个赤贫的人。咳，壮年享尽荣华，不想到了老年还要受这样的苦！这真是他始料不及的呢。他的财产除了身上的衬衫，皮衣，破帽，坏鞋之外，竟一无长物。与他老妻沙姆牛衣卧泣的情形，真是叫人心酸。他儿子自从分家以后，早已迁往远方；女儿也死了多时，举目无亲，竟没有一个人可以帮助他的。

那时他邻人默哈买沙见了他的情状，很怜悯他。默哈买沙自己也不算穷，也不算富，平平淡淡地度日子。可是他的品性很是良善，见伊拉司竟是要饿死的样子，心中很过意不去。就向他说："你同你老妻到我这里来吧。夏天请你在菜园里头替我帮忙做工，冬天请你喂牲口，请沙姆养牛，煮酪。所有一切吃着的事情，全有我一人供给。你要什么东西，请你告诉我一声，我都可给你。"伊拉司道了几声谢，就同老妻一块儿到默哈买沙家做工去了。起初觉得非常痛苦，后来慢慢地习惯了，也就勤勤恳恳用他全力来做工。

主人雇了这样仆人，很觉得力，因为老人从前也曾做过家主，知道各种规矩。所以也不十分懒惰，忠心替他主人办事。倒是默哈买沙看见这样高贵的人，竟堕落到这种地步，真未免有些可怜他呢。有一天默哈买沙家来了几个远亲，——其中有一个姆尔（俄国宗教中之司铎）在内——主人叫伊拉司宰羊作食，伊拉司遵命杀好，煮熟，端出来敬客。客人坐在皮褥上，一边吃羊肉，喝牛酪，一边同主人讲话。伊拉司忙着张罗客人，从门旁不停地进进出出。主人一回头看见他，指着他对客人说："你看见从门旁经过的老头儿了吗？"客人答道："看见了，莫非他有什么奇怪的事吗？"主人道："奇怪是没有什么奇怪，不过这人命不太好，就是当年本地的大富翁名叫伊拉司。也许你曾经听说过吧？"客人说："谁没听说过，不过没有见过，然而他名声却很大呢！"主人道："可是现在他贫无立锥，在我这里做工呢！他的老婆我也雇着喂牛。"

客人听着很是奇怪，不觉摇头弄舌叹息着说："可见幸福的转移，好像车轮似的，一头高一头就低，循环往复，有什么正则呢。可是老人的运气既如此坏，他也觉得忧愁吗？"

主人道："谁知道他，要是从外面看来，见人也很温和，脸上也没有戚容，整天做工也没有什么怨艾的样子，真叫人奇怪得了不得。"

客人道："可以不可以让我同这人说几句话？我要问问他对自己一生遭遇，有什么样的感触。"主人一面答应一面高声叫道："伊拉司，这儿来！请你来喝一杯牛酪，把你老妇也一块儿叫出来说几句话。"说不多时，伊拉司同他妻子都已来到在客人及家主面前；请了一个安，念了念祷告词，就挨着门坐在短椅子上，他的妻子揭开帘子到内室去，同他女主人一块坐下。

主人给伊拉司倒了一杯牛酪，伊拉司接着伛偻着给众人道了谢，喝了一口就放下了。客人向他说："老人，你现在觉得怎么样？你回想从前的生活不觉得忧愁吗？据我看来你原先何等的享福，到现今竟流落到如此地步，岂不很可怜吗？"

伊拉司听着，微微一笑说："讲到幸福或不幸福的事情，我给诸位讲，诸位也未必能信。不如问问我的妇人，她的性情很直，心里想什么，嘴里都说出来。她给你们说的事情全是真实的。"客人就对着帘子说："那么请教你对于原先的幸福和现在的忧虑有什么见解吗？"沙姆道："咳，我跟老头儿同居已经有五十年了！天天要找幸福，却终没有找得到，哪知道现在我们钱也没有了，人也给人家做工了。可是这二年来那真正的幸福，竟被我们找到了。我们也不必再要别的，就是这个也很觉得知足的了。"

客人听得很奇怪，就是他主人也觉着她所说的话很奇怪，站起来揭开帘子，要看看老妇人的脸色是什么样。那时候老妇也立起身来，垂着两手，一边含着笑，一边用眼瞟她的丈夫。老人见了也含着笑，却不说什么话。等了一会儿，老妇又说："我所说的全是实在的情形，并不是随便闹什么笑话。费了半世的功夫要去找幸福；有钱的时候，一点儿都找不到，等到我们穷乏了，竟成乞丐的样子，却不料就在这个时候找到了幸福。我们还有什么要找的呢？"

客人道："现在，你们的幸福到底是什么呢？"

老妇道："我把这里的缘故从头讲给诸位听听：当我们有钱的时候，我同老人没有一刻平安的时候；也不大谈天说话，也不会想到自己的心灵，也从没有祷告过上帝。我们的事情就够忙的！一会儿客来了，就要操心，想怎么请他吃，怎么样送给他东西，总不肯让别人在背地里笑我们小气；一会儿客走了，就要去看着许多仆人，不许他们偷吃闲食，也不准他们偷懒。样样事情都要自己管。你说这份造孽到什么地步呢！一会儿惦记着小牛，小马，不要被狼掠去了；好马不要被贼偷去了。躺下睡觉也睡不熟，又恐怕绵羊压死小羊。正要睡着，忽然又忘了一件事情，就立刻起来，等到办好，又想起今年怎么样过冬的事情来了。我同老头儿那时也总没有惬意的日子，他说这件事情应该这样做，我偏说要那样做；大家就吵起来。这不是罪孽吗？所以我们简直可以说是在操心里和罪孽里活着！那幸福的生活哪能见着呢？"

客人道："那现在又怎么样？"

老妇说："现在我们俩全是和和气气，一心一意所讲的话，都出于爱情；也没有什么吵嘴的事，也没有什么挂心的事，天天所想念的就是这么才能伺候我们主人。我们都用力来做工。觉得替主人做事是一件极高兴的事情，总要使主人不吃什么大亏，心里才觉得舒服。做完了工，中饭也有了，晚饭也预备好了，马酪也喝了。天一冷，也有柴烧，也有皮衣穿。闲的时候就想想我们的心灵，祷告祷告上帝。咳，五十年来满处找不到的幸福，却不料现在轻轻易易地竟找到了！"

客人听着都笑起来。

伊拉司说："诸位请不要发笑，这件事情并不是说笑话，却是人类的生活。那时候我们很傻，因为丢了许多财产，就常常哭泣。现在上帝却用真理来启示我们！我们今天同诸位讲的话，并不是要表明怎么样的快乐，我们很愿意诸位用你们的真心想一想这件事！"

姆尔严肃起来，说："伊拉司所说的话全是实在的见解，也很不错，圣经上所说的也不过如此吧！"

客人全止了笑，在那里静悄悄地想。

呆伊凡故事

一

某国里有一个有钱的乡人。他有三个儿子：兵士谢敏，大肚子塔拉史，呆伊凡，还有一个女儿马腊尼，又聋又哑。谢敏去当兵，伺候王上，塔拉史到城里跟商人去做生意，就只有呆伊凡同女儿留在家里做工，简直是靠着脊背生活。谢敏官职很大，财产也很多，娶了一位绅士家的女儿做妻子。他的俸禄固然大，财产固然多，可是一毫积蓄都没有，丈夫赚到些钱，那位太太就挥霍；竟没有钱了。谢敏跑到库房，想去收些进款。管账的说："什么钱都收不着，咱们这儿又没有牲口，又没有家伙，又没有马，又没有牛，又没有犁犁，又没有锄；得有了这些，才有进款呀。"于是谢敏跑到父亲那儿，说："爸爸，你是有钱的，也不给我些。分给我三分之一吧，我好运到我库房里去。"老头儿说："你的钱一丝一毫也没有寄回家里来，为什么，我倒要分给你三分之一呢？这件事，怕不是欺侮伊凡和女儿呀。"

谢敏道："一个是傻子，那一个——天生的聋子又是哑巴；他们要什么？"老头儿就道："看伊凡怎么说。"

伊凡就道："那有什么，让他拿去吧。"

谢敏就在家里拿了一份财产，运到自己库房里，仍旧到王上那里去当差。塔拉史做买卖很挣钱，娶了一位商人家的姑娘做媳妇，他总嫌自己钱少。他也到父亲那里去说："我的一份给我吧。"老头儿不愿分给塔拉史。他说："你一丝一毫也没给我们，家里的钱，伊凡还要用呢。要欺侮伊凡和女儿是不行的。"塔拉史就道："他要什么，他是个傻子；他又不能娶亲，谁都不嫁他；你女儿又是个哑巴，也用不着什么钱的。伊凡，你给我吧，给我一半粮食；家伙我不要，牲口我只要那匹灰色公马，你耕田用不着它。"

伊凡笑一笑说："那有什么，我要走了，我去做工了。"

塔拉史分到了一份。他运着粮食进城，带着那匹灰色雄马去了；剩着伊凡只有老母马一匹，依旧过他的农人生活，养他父亲和母亲。

二

那时的情况把一位老魔王给惹恼了,看着他们兄弟不吵分家,和和气气地就分开了。他就召集了三个小鬼。他说:"你们看看那三位兄弟:兵士谢敏,大肚子塔拉史,呆伊凡。他们得争吵才对,现在却安安稳稳地生活,像亲朋好友似的大家分开了盐和米。都是那傻子弄坏了我的事。你们三位去走一遭,抓住他们三个人,使他们受些苦,叫他们互相吵闹起来才是。你们会办这件事吗?"

三个小鬼道:"我们会的。"

"你们怎样去做呢?"

"我们要这样去办:首先弄坏他们,使他们没得饭吃,再后来把他们聚到一块儿去,他们就得吵闹起来了。"

老魔王道:"好吧,我知道你们几位还懂事。去吧,不使他们三个都受点子苦,你们不要回来见我,小心,我剥你们三个的皮。"

三个小鬼都跑到池子那边,商量起来,怎样去办呢;大家争论着,各人都愿意挑轻松的事去做,后来决定抽签,抽签抽着哪一位弟兄,哪一位就去做。可是谁先做完,就得来帮助别人。抽签抽过了,大家又定一个日期,再到池子那边聚会,可以知道:谁先做完,谁得去帮谁。

日期到了,小鬼都如约来到池子那里聚会。谈论起来,谁在谁那儿办的事怎么样。第一个小鬼,从兵士谢敏那儿来了,谈起来了:"我的事情办好了。明天我的兵士谢敏就要跑到他父亲那里去了。"他的同伴就问:"你怎么办的?""呀,我第一件事就是鼓起谢敏的勇气,使他去劝国王和全世界打仗。于是国王就特任谢敏当元帅,命他去打印度国王。打起仗来了。那一晚上,我就跑到谢敏营里,把他的火药都弄湿了,又跑到印度王那边,用干草做上无数的假兵。谢敏的兵看见他们周围都是假兵来了,害怕起来。谢敏下令开枪枪,枪枪炮都发不出去。谢敏的兵害怕,像羊群似的乱跑。印度王就赶杀他们。谢敏打败了,他的财产都充了公,明天就要定他的死罪。我只要再有一天的功夫,这件事就办完了,救了他出狱,让他逃回家去。明天我的事情就完结,你们说吧,谁要我来帮助?"

第二个小鬼,从塔拉史那儿来的谈起他的事来,说:"我却不用帮助,塔拉史不出一礼拜就不能顺利生活了。我第一件事,就是使他生出贪欲嫉妒的心来。他自己妒忌人家的好买卖,看见什么都要买,他买了无数的东西,自己的钱都花完了,还要买。现在他已经赊着去买起来。拖欠着许多许多,简直还都还不清。过一礼拜还账日期就到了,我却要在他所有的货物里,都弄些粪,使他赔偿不起,逃到他父亲那里去。"

那两个就问那第三个从伊凡那儿来的小鬼道:"你的事情怎么样?"

他说:"我的事可不好办。我起先吐了口痰在他酸水缸里,让他吃了肚子痛。又跑到他的田里把土打成石头般硬,他便无从用力。我想他不来耕田了,可是这个傻子竟还带着犁来耕田。他肚子痛得哼着却还一直耕田。我弄折了他一把犁犁,他跑回家去,拿一把新犁重新绑好,又耕起来。我就爬到地底下,抓住他的犁犁,抓又抓不住,他用力推着了犁,犁头又尖,竟割破了我的手。田差不多都耕完了,只剩下一畦地。你们来吧,帮帮我,兄弟们呀,不然呢,我们办不好他一个人的事,那就前功尽弃了。假使那傻子还依旧耕田,那两位也就不会觉着贫乏,那傻子能养他们两位哥哥呢。"

从兵士谢敏那儿来的小鬼,答应明天去帮助他,于是他们各自散了。

三

伊凡耕好了田，只剩得一畦地了。他还想去耕完了。肚子又疼痛，可是还得耕地。系一系腰带，翻过来又耕田。刚翻过犁来，就往后退，真像挂在树根上似的，牵缠住了。这是那小鬼的脚，把犁头缠住了，紧抓着。伊凡想："这真是怪事！这儿没有树根呀，怎么又像有树根呢？"伊凡伸手往土里摸一摸，碰着了，一个软东西。他抓住了那东西，拉出来。黑的像树根似的，根上蠕蠕而动。瞧一瞧，原来是个活小鬼。"唉，是你，好捉弄人怪！"伊凡说着摇摇头，正想用铁犁来打他，那小鬼哀求道："不要打我，你要什么，我都能给你做。"

"你给我做什么事？"

"你说吧，你要做什么事。"

伊凡摇头说："我肚子痛，你能治好吗？"

小鬼道："能的，能的。""那么，你就给我治。"

小鬼往田里看一看，用手爪不住地摸索，抓出来一块小根，三枚连生的，就向伊凡道："谁只要吞了这一枝根，一切病都好了。伊凡拿了就撕下一枝吞下去。肚子立刻就好了。"

小鬼又哀求道:"现在放我吧,我跳进地里再也不来了。"

"那有什么,上帝佑你!"伊凡刚刚说着"上帝"二字,小鬼突然隐到地里去了,好像石头落到水里去似的,只剩下一个洞,伊凡把那剩下的两枝根藏在帽子里,又重新耕起田来。耕完了那一畦地,翻转犁,回家去。卸好马,走进屋子,大哥哥兵士谢敏同他媳妇一块坐着吃晚饭呢。他的财产都已充公了,好容易从牢狱里逃出来,跑到父亲这儿来生活了。

谢敏看着伊凡说:"我到你这儿来生活了,请你养活我们夫妻两口子,等我得到新差使就走。"

伊凡道:"那有什么,在这儿过吧。"

伊凡刚要坐到炕上去,那位太太就厌恶伊凡身上的臭味。她对她丈夫说:"我不能同这臭乡人在一块儿吃饭。"

兵士谢敏就道:"我们太太说的,你身上的臭味不好,你到帐篷里去吃吧。"

伊凡道:"那有什么,我正要到'棚屋'里去,去喂马呢。"

伊凡拿着大衣,径直往"棚屋"里去了。

四

　　从谢敏那儿来的小鬼，做完了那件事，如约跑来找伊凡的小鬼。帮助他捉弄那傻子。跑到田里；找来找去，找他的伙伴，什么地方都没有，只找着一个洞，他想："看来我的伙伴是遇害了，我得代替他，田已经耕好了，要到牧场上去捉弄那傻子。"

　　小鬼走到场上，就灌得伊凡的牧场满场是水；并且满场给他搅些泥。天色刚亮，伊凡从"棚屋"里出来，磨磨镰刀，跑到草场割草。伊凡来到就割起草来，一刀又一刀，镰刀碰住，割不动，得磨一磨了。伊凡用力又用力说："不行，回去吧，回去拿些面包来，即使割他一礼拜，割不完是不走的。"小鬼听见了，心上想一想说："蠢货，这个傻子，拿他没法想。我得换个别的法儿来捉捉弄他。"

　　伊凡又来了，磨好镰刀，又割起来。小鬼钻进草里，抓住镰刀柄，把刀头放到草里就拉。伊凡很竭力地割，竟也全割完了，剩着池子里一块。小鬼钻进池子，自己想："即使割破了我的手，也不让他割完。"伊凡走到池子里，草呢，看来不大多，可是镰刀总是割不动。伊凡发怒了，用尽力量割一刀：小鬼想要躲开，没来得及跳出来；看来事情来得不妙，他却碰住一根草根。伊凡又是一刀，草梗上飕的一声，截断了小鬼半段尾巴，伊凡割完了草场，叫那哑巴姑娘去捆草，自己再去割小麦。

伊凡带着一柄镰钩出来，那断尾小鬼早已在那里乱搅那小麦，镰钩也无从去割。伊凡走回去，又拿来一柄曲镰，动手割起来，小麦都割完了。他自言自说："现在要去割燕麦了。"断尾小鬼听着想："割小麦没有捉弄到你，割燕麦可是要捉弄捉弄你了，只要等你到天亮。"小鬼一清早就跑到燕麦田里，燕麦却已经割完了。伊凡要少撒落些麦粒，夜里已经割完。小鬼顿时大怒，说："你这个傻子，截了我尾巴，还欺侮我。我从没有遇见过这样的失败！这蠢货不要睡觉啊，竟没有赶得上他！现在得跑到他麦堆里去；我全给他弄坏。"

小鬼跑进小麦堆，钻进麦柴里去乱弄起来：弄得麦柴发热，一面麦柴弄得零乱，一面自己打盹睡去了。

伊凡驾着马同哑巴姑娘来运小麦。走进麦堆就把麦搬到车上去。搬了两捆麦再一伸叉，正刺中小鬼的背；举起来瞧一瞧叉上一个活小鬼，尾巴截断了，挣扎着，又蜷缩着，要想逃走。

"唉，是你，好捉弄人的东西！你又来了！"

"我是另一个，那一位是我的兄弟。我是在你哥哥谢敏处的。"

"管你是在谁哪里的，你可又被我逮着了！"

说着伊凡就要挨着车沿打他，小鬼却哀求起来。他说："放了我吧,我再不来了,你要什么,我都给你做。"

"你能做什么呢?"

"你想用什么变做兵,我都变得出来。"

"兵又怎么呢?兵会做什么事!"

"你要他做什么,你就吩咐他们;他们都会的。"

"他们会唱歌吗?"

"会的。"

"那有什么,你变吧。"

小鬼说:"那捆几把麦子,按到地上摇几摇,你只要说:我的奴隶有命令,不要做麦捆了,有几根麦,便变几个兵。"

伊凡拿了麦捆,摇了摇,又说着小鬼教他的话。麦捆跳起来,变成了兵,前面领着,是一位鼓手,大家吹起军号来。伊凡就笑了笑道:"哈哈,你真聪明!这正好叫那位姑娘快活快活。"

小鬼说:"唔,现在放我吧。"

"不行,我还要做个'还原法',不然麦粒都糟蹋掉了,教教我怎么还原,再变成麦梗。我要打麦了。"

小鬼说:"你只要说:'有几个兵,变几根麦。我的奴隶有命令,再变成麦捆!'就可以了。"伊凡照样说了,士兵又变成麦捆了。

小鬼又哀求道:"现在放我吧。"

"那有什么。"伊凡说着就把小鬼抵住车沿,用手抓住,从叉上拔下来。说声上帝保佑。伊凡刚刚说着"上帝",小鬼突然隐到地里去了，好像石头落在水里似的，只剩下一个洞。

伊凡走回家，家里有他第二个哥哥塔拉史同媳妇一块儿坐着，吃晚饭呢。大肚子塔拉史还不清债，逃着躲账，跑到父亲这儿来生活了。

他看见伊凡，就道："伊凡，请你养活我们夫妻两口子，等我能够再出去做生意就走。"

伊凡道："那有什么，在这儿过吧。"

伊凡脱去外衣，坐到桌子那边去。

那位商人家的姑娘说："我不能和他这个傻子在一块儿吃饭，他有汗酸臭。"

大肚子塔拉史就说："她说的，你身上的臭味不好，你到帐篷里去吃吧。"

伊凡道："那有什么。"他就拿着面包，往院子里去，说："刚好，我正要到'棚屋'里去，去喂马呢。"

五

塔拉史那儿的小鬼,做完了那一晚的事,如约跑来帮助他的伙伴们,捉弄呆伊凡。他来到田里,找来找去,找他的伙伴们,谁都没有,只找着一个洞。来到草地里,池子里找着一条尾巴,割麦场上又找着一个洞。他想:"唔,看来我的伙伴们是遇害了,我得代替他们,捉弄那傻子。"

小鬼跑去找伊凡。可是田里的工作,伊凡已经做完了,正在树林里砍砍木头。原来是弟兄们回家了,家里地方狭小,他们叫伊凡砍砍木头,好来盖新房屋。小鬼跑到树林子里来,爬进树枝里,就来搅扰伊凡砍树。伊凡砍下树枝来,想让树枝掉在实地上,好来拉倒树干,那树却不凑巧,偏偏掉在那不方便的地方,架在几根枝桠上面。伊凡砍断那些枝桠,才把树干弄下来,砍倒一棵树真不容易。伊凡砍第二棵,又是这样。用尽力气,却是枉然。砍倒第三棵,又是这样。伊凡本想砍五十棵小树,却砍不到十棵,天已经昏黑了。伊凡烦心起来。他身上的汗,热气腾腾,好像满树林子下了雾似的,他却依旧不肯放弃。他再砍了一棵树,背脊都痛起来,再也没有力量了;他就把斧头砍在树上,休息休息。小鬼听伊凡没有声息，欢喜起来。想："他毕竟没有气力了，想要停工；我也来休息休息。"他就坐在树枝上面，正在高兴。伊凡突然站起来，举起斧头就是一斧，刚好砍在小鬼休息的那一面，顿时树身一震，掉落下来。小鬼不提防，没有来得及把脚挪开，树枝崩坏，扎住了他的脚。伊凡拨开树枝，一瞧是一个活小鬼。

伊凡奇怪起来道："唉，是你，好捉弄人的东西！你又来了！"

"不，我是另一个。我是在你哥哥塔拉史那儿的。"

"管你是在哪里的，这次你可遭殃了。"

伊凡挥一挥斧头，要用斧柄打他。

小鬼哀恳道："不要打我，你要什么我都给你做。"

"你会做什么呢？"

"我会做钱，凭你要多少，我都做得出来。"

"那有什么，你做出来吧！"

小鬼就教他做，说："你在那棵橡树上采些橡树叶，放在手里揉，就有金子掉下来。"

伊凡采些叶子，揉一揉，金子果然掉下来了。

"这好得很，和小孩子玩耍的时候，可以玩玩。"

"现在放我吧。"

"那有什么！"伊凡拿着树枝，放开小鬼，说一声上帝佑你！伊凡刚刚说着"上帝"，小鬼突然隐到地里去了，好像石头落到水里去似的，只剩下一个洞。

六

弟兄们盖好新屋,就各自分居了。伊凡田地里的工作也已收拾完毕,酿好啤酒,去请他们弟兄们来玩。他两位哥哥不肯到伊凡这里来做客人。他们说:"我们不要看那乡下人的玩意儿。"

伊凡就请了些农夫村妇,自己吃喝起来,喝醉了跑到街上组织起跳舞队。伊凡走近跳舞队,要叫村妇们恭维他。他说:"你们一生没看见过的东西,我会给你们的。"

这时村妇们都笑了,就恭维他。大家恭维称赞了一顿,就都说:"这么着,你得给我们了。"

伊凡道:"我立刻就拿来。"伊凡说着,拿起一只篮子就往树林子里跑。村妇们都笑道:"看那个傻子!"大家也便忘掉他的话了。忽然,伊凡跑回来了,拿着满篮子的东西。

"分给你们,怎么样?"

"你分吧。"

伊凡抓着一把金子,就往村妇们身上掷。说一声:"老太太们呀!"村妇们都奔着去拾;农夫们跳起来,大家互相撕扯,争着去抢。一位老太太险些儿没有被压死。

伊凡大笑，说："啊呀！你们这些傻子。你们怎么压着那位老太太了？你们轻些儿，我再给你们。"他又撒起来。大家又乱跑一阵，伊凡把一篮子都撒完了。大家还是要。伊凡就说："都完了。下次再给你们。现在你们来跳舞吧，来唱歌吧。"

村妇们唱了一会儿歌，伊凡道："你们的歌唱得不好。"

大家都道："怎么样才是好的呢？"

伊凡就说："我立刻给你们听好歌。"

他走到麦场上，拿了一捆麦打打，把绳子扎好，摇两摇说："奴隶做得好，不要做麦捆了，每一根麦，是一个兵。"麦捆跳起来都成了兵，军鼓军号吹打起来。伊凡下命令，叫他们唱歌，领着他们往街上走。大家都奇怪，兵正唱着歌，伊凡下命令，叫他们回麦场，自己又不让村人跟着去，于是又把那些兵变成麦捆，掷在场里去了。伊凡这才回家，到棚屋里去睡觉。

七

明天早晨，他大哥哥兵士谢敏知道了这些事，就跑到伊凡这里来。说："告诉我，那些兵你是从什么地方带来的，又带到什么地方去了？"

伊凡道："你又要怎么样呢？"

"这有什么怎么样的？有了兵，什么事都好办，能得到一个国家呢。"

伊凡奇怪起来，说："你怎么不早说呢？你要多少我都变得出来。我同哑巴姑娘常常变来变去，不知道多少次了。"

伊凡同他哥哥到麦场，和他说："你瞧着吧，我来变些兵；可是你得带他们走，不然呢，你可得给他们吃的东西，他们一天就能把全村吃尽了。"

兵士谢敏答应带兵走开，伊凡就变起兵来。他把麦捆连摇几摇，念着咒语；再摇摇另一捆又念念咒；变出许多兵来，满草场都站满了。就说："怎么样，有了吗？"

谢敏喜欢得很，说："有了。谢谢你，伊凡。"

伊凡道："那么吧。你若是还要，你再来，我再变些便是了。

现在麦梗多得很呢。"

谢敏统率着军队，排好队，去打仗去了。

谢敏刚刚走，大肚子塔拉史来了，他也知道昨天的事，就来问他的兄弟："你告诉我，你从什么地方拿来那些金钱？我要是有了这么多钱，就可以用这些钱把全世界的钱都弄来了。"

伊凡奇怪起来，说："唔？你应当早告诉我，凭你要多少，我都会给你弄来。"

他哥哥高兴起来，说："你只给我三篮子，也就够了。"

伊凡道："那有什么，我们到树林子里去，还得驾好马。"

"莫非你拿不动。"

两个人来到树林子里，伊凡就拾起些橡树叶子变成了一大堆。

"怎么样，有了吗？"

塔拉史欢喜得很，忙道："暂时有了。谢谢你，伊凡。"

伊凡道："那么，你若是还要，你再来，我再弄给你便是了，叶子多着呢。"

塔拉史装着整车的金钱，去做生意了。

他两位哥哥都走了。谢敏打起仗来，塔拉史做起生意来。兵士谢敏征服了一个国，大肚子塔拉史做生意赚了不少钱。他们兄弟俩碰头了，他们互相谈起来：谢敏的兵，塔拉史的钱是从什么地方得来的。

兵士谢敏和他兄弟说："我征服了一个国，我过日子是很好的了，可惜我没有钱来养兵。"

大肚子塔拉史道:"我有了山般大的一堆钱,过日子是不怕的了,就只有一件苦事,没有人替我看守那钱。"

兵士谢敏就说:"我们到兄弟那儿去,我叫他再变些兵,给你去看钱;你叫他变些钱给我,我好拿去养兵。"

他们跑到伊凡那儿来。来到伊凡这里。谢敏就说:"好兄弟,我的兵太少,再给我些兵,只要变两捆麦也就够了。"

伊凡摇摇头道:"不行,我再也不给你兵了。"

"怎么,你不是答应我的吗?"

"答应你的,不错,可是我不再变了。"

"你是个傻子,为什么又不变了呢?"

"就因为你的兵打死了人。我那一天在道旁耕田;看见一位村妇,抬着的一口棺材,自己尽是嚎啕大哭。我就问:'谁死了呢?'她说:'我的丈夫和谢敏的兵打仗,把他打死了。'我以为兵是唱歌的,他们却打死了人。再也不给你了。"

他很固执,一定不肯给兵。

大肚子塔拉史又来问呆伊凡,要他再变些金钱给他。

伊凡摇摇头道:"不行我再也不给你变钱了。"

"怎么,你不是答应我的吗?"

"答应你的,不错,可是再也不变了。"

"你这个傻子,为什么又不变了呢?"

"就因为你有了钱,强夺了米哈衣洛夫家的牛。"

"怎么强夺了呢?"

"就是那样强夺的：米哈衣洛夫有一只牛，平时他家的小孩子都吃他的奶，那一天他家的小孩子却跑到我这里来要奶吃。我就问他们：'你们的牛哪里去了？'他们道：'塔拉史家管账的来，给了我们妈三块金东西，妈就把牛给他，我们现在没有奶吃了。'我以为金东西是你要着玩的，你却强夺了人家小孩子的牛。我再也不给你了。"

呆伊凡很固执，一定不肯再给。那两个哥哥也就走了。

他们兄弟俩又商量起来，他们的难关怎么样才可以过去呢？谢敏道："就这样办吧。你给我钱养兵，我给你半个国和兵看守你的钱。"塔拉史也愿意。兄弟俩分均了，两个人都做了国王，两个人都有钱了。

八

　　伊凡住在家里，养活父亲和母亲，和哑巴姑娘做农工。

　　有一次，伊凡家的一只老狗害病，生疥癣，快要死了。伊凡很可怜他，问哑巴姑娘要些面包，放在帽子里，拿去给那只狗，向它一掷。帽子破了，面包和一枝根同时掉出来。老狗就吞了那枝根和面包。刚刚吞下根去，那狗就跳起来，逗着玩儿，汪汪的叫，还摇摇尾巴，它的病已经好了。

　　这件事惊动了他的父亲和母亲，他们看着奇怪，道："你用什么东西，把这狗医治好的？"

　　伊凡答道："我有两枝小根，什么病都医治得好，它吃了一枝。"

　　这时，刚有一位国王的女儿害病，国王下令全国城镇，谁医好了他女儿，他就重赏他，若是没有娶过亲的人，就把他的女儿嫁给他。伊凡的村里，也接到这种命令。

　　伊凡的父亲和母亲就叫伊凡来，跟他说："你听见国王的命令没有？你说，你有小根；你去吧，去医治国王的女儿。你一生就幸福了。"

伊凡道:"那有什么!"于是伊凡就收拾行装起程。伊凡穿好衣服,走下台阶,瞧见有一个挛手的讨饭婆站在那里,讨饭婆道:"我听说你会医病,是吗?请你医治我的手,不然呢,我自己鞋都不会穿啊。"

伊凡道:"那有什么!"掏出那枝根给那讨饭婆,叫她吞下去。讨饭婆吞下去,病就好了,立刻手就能动了。父亲和母亲走出来送伊凡,到国王那里去,听说伊凡把那一枝根已经给了人,没有东西可以医治国王的女儿了,他们就骂他:"你只可怜那讨饭婆,国王的女儿你就不可怜了。"

伊凡心上,又可怜起国王的女儿来。驾着马,在车箱里扔些草麦,坐上去就走。

"你到什么地方去,你这个傻子?"

"去医治国王的女儿呀。"

"你要用什么东西去医呀?"

"那有什么!"赶着马就走了。

走到王宫,刚上台阶,国王的女儿就好了。

国王大喜,下令叫伊凡去洗澡,给他穿好衣服,收拾干净,说:"你做我的女婿吧。"

伊凡道:"那有什么!"于是伊凡娶了那位公主。不久国王死了。伊凡即位做了国王。那时兄弟三人,都做了国王了。

九

兄弟三个人都做了国王。

大哥兵士谢敏倒很好。他有了自己的草兵，又招募些真兵。下令全国，每十家派出一名兵，当兵的要身量高，身体白，脸面干净。于是招了许多兵，都训练好了。谁要是有什么违背他的地方，他立刻派兵去，想干什么就干什么，所以人人都怕他。

他的生活实在好。他刚想着什么，丢个眼色，就是他的，派出兵去，他要什么，那些兵就去拿，去抢来。

大肚子塔拉史也很好。伊凡给他的钱，他不曾花掉，还又赚了不少。他自己国内定好多法律。他自己的钱，藏在箱子里，又到百姓那里去要钱。收些人头税，通行税，乘车税，鞋税、袜税，衣饰税等，他什么都想到了。人家因为他有钱，什么都得给他，人人都来替他做工，因为人人都得要钱哪。

呆伊凡倒也不坏。刚葬了他的丈人，他就脱掉了国王的御服，还给他的夫人，藏在箱子里去，依旧穿上粗布短裤褂，草鞋，做起工来。他说："我气闷得很，肚子胀起来，吃饭吃不下，睡也睡不着。"依然和父亲母亲和哑巴姑娘做起工来。

大家跟他说：“要知道，你现在是个国王呀！”

他道：“那有什么，国王也得吃饭啊！”

大臣到他那里去，跟他说：“我们没钱发俸禄了。”

他道：“那有什么没有，不发便是了。”

大臣道，他们也不肯当差了。

他又道：“那有什么，让他们去，不当差，他们更可以随便去做工了，让他们去运些粪，也好多些肥料。”

有人跑到伊凡那里来告状。有一个说：“他偷我的钱。”伊凡道：“那有什么！你须知道，他要用呢。”

大家都知道了，伊凡是一个傻子。他媳妇跟他说：“人家说你是傻子。”

伊凡道：“那有什么！”

伊凡的媳妇想来想去，也成了傻子了。

她自己说：“我怎么能违背丈夫做事呢？针在什么地方，线也要到什么地方去，才对呀！”她脱掉了王后的御服，放在箱子里，跑到哑巴姑娘那里学起做工来。她学会了做工，就来帮助丈夫。

伊凡的国家里，一些聪明人都走了，全剩些傻子。谁都没有钱。活着，工作着，自己养活着自己，养活些好人。

十

老魔王等来等去,等小鬼的消息,他们把那兄弟三人吵得怎么样了,可是什么消息都没有。自己去探听探听;找来找去,什么地方都找不到;只找着三个洞。他想:"唔,看来他们没有成功,得自己来动手了。"

他去找他们三弟兄,却已经不在老地方了。找到他们三个国里。三个人都做了国王了。老魔王看着,生气惭愧。

他说:"只有我自己动手了。"

他首先到谢敏大王国里。他却不是以自己本相去的,他变了一个将军,跑到谢敏大王那里,说:"我听说你,谢敏大王,是个伟大军人,我在军事上很有学问,情愿替你当差。"谢敏大王细细问过他,看来是个聪明人,就叫他当差。

新将军教着谢敏大王怎样去训练扩充他的军队。

他说:"第一,得多招些兵,不然呢,你的国里许多百姓都是游手好闲的。应当凡是年轻人都来当兵,不必挑选,那你现在的兵就可以多五倍。第二,应当制造些新枪炮。我来给你制造那样的枪,一次放得出一百颗子弹,像豆子般飞射出去。我再制造那样的炮，会炸毁很多东西的。人呀，马呀，城墙呀一概烧得毁。"

谢敏大王听了新将军的话，下令，凡是少壮的人都编成军队，建起新制造局；制造新枪新炮，立刻就去和邻国宣战。刚刚遇着敌兵，谢敏大王就下令，叫自己的兵向敌人开枪放炮，一时炸裂烧毁了一半敌兵。邻国国王害怕，投降让国。谢敏大王喜欢得很，说："现在我可以去打印度王了。"印度王听见了谢敏大王的事，也学着他的计划，自己又想出些新计划。印度王不但把一些少壮人都编成军队，更招募些没有出嫁的女人，他的军队比谢敏大王的更多；枪炮也都是学着谢敏大王制成的，更想出航空的法子，可以从上面掷下炸弹来。

谢敏大王来和印度王开战，想着和上次一样打胜仗，可是好像一刀砍过，刀锋已顿了。印度王不等谢敏的兵赶到射击地，就先派自己的娘子军飞到谢敏的军队上面，掷炸弹。娘子军来到谢敏军队上面，抛掷炸弹，就像硼砂散落在油虫上似的，谢敏的军队都跑散了，只剩下谢敏大王一个人。印度王就占领了谢敏的国土，那些兵士和谢敏就都逃去了。

老魔王弄坏了这一位兄弟，又跑到塔拉史大王那里去。他变了一个商人，住在塔拉史的国里，盖起一所大钱庄，放出钱去。这位商人出重价购买一切东西，人人都奔到商人那里去赚钱。于是人人都有很多的钱，他们欠款都还清了，又能按期缴纳租税。塔拉史很高兴。他想："谢谢那位商人，现在我的钱更多了，我的生活更好过了。"于是塔拉史又有新企图了，他想要盖一座新宫。下令，让百姓运木材石料，来动工，定很高的价钱。塔拉史大王以为百姓和以前一样，因为他有钱，都来做工了。但是看一看所有木材，砖石，都运到商人那里去了，所有工人也都到他那里去了。塔拉史大王再加一倍价钱，那商人加得更多。塔拉史的钱多，而商人的钱更多。商人总超过国王的定价。国王的新宫也盖不成了。塔拉史大王又想盖座花园。秋天来了，塔拉史大王又下命令，叫百姓到他那里去盖花园，种花树，谁都不来，却给商人去开池子。冬天来了，塔拉史大王想买貂皮做新皮袄。他派人去买，使者回报道："没有貂，皮子都在商人那里了，他出更高的价钱，买貂皮做成了地毯。"塔拉史大王又想买几匹马。他派人去买，使者回来说："所有好马，都在商人那里，替他运水灌地。"于是国王的事情，一件都没有人给他办，人人都去为商人办事了，只拿着商人的钱，来缴纳他的租税。

国王的钱积累了很多，竟没有地方去藏，可是生活却很坏。国王也不企图什么了；无论怎样，能生活就可以了，可是竟不能够。件件事都难办。他的厨夫，仆役车夫，都到商人那里去了。食物都得不到。走到市场上去买点什么，什么都没有：商人都买去了，却只有缴租税的钱给他。

塔拉史大王发怒了，把商人驱逐出境。商人就在边境住着，依旧这样做，因为商人有钱，国王要的东西都没有，却都送到商人那里去了，国王的事简直没法办。整天没有食物，却还听到些消息，说是商人夸口，他要买国王的本人呢。塔拉史大王烦闷得很，却又不知道怎么样才好。

兵士谢敏跑到他那里来,向他说:"帮帮我,印度王把我打败了呀。"

可是塔拉史大王自己也困难得很,只得说:"我自己已经两天没有吃东西了。"

十一

老魔王弄坏了那两位兄弟,又跑到伊凡那里去。老魔王变了一个将军,跑到伊凡那里,自己陈说,要请伊凡令他带兵,他说:"大王没有兵,那是不成的。你只要命令我,我就会使你的百姓练成兵,编成一队军队。"

伊凡听他这样说,就道:"那有什么,你去编吧,可是要教他们好好唱歌,我最喜欢这个。"

老魔王走进伊凡的国,自由去募兵。他想大家来当兵,便向他们说:"你们剃光头,每人得一升酒,一项红帽子。"

那些傻子都笑道:"我们这里,酒是随便得很,我们自己会酿,帽子呢,你要什么样的都有,我们的女人都会缝,就是有花的,再挂些缨络也很容易。"

于是一个人都不来。老魔王又到伊凡那里去,说:"你的那些傻子不愿意来,需要强迫他们。"伊凡道:"那有什么,你去强迫他们吧。"

老魔王就下令叫一些傻子来当兵,并且说,谁要是不来,伊凡大王就要定他的死罪。

那些傻子跑到将军那里说："你跟我们说我们要是不当兵，国王就要定我们的死罪，可是你没有跟我们说，我们当了兵，又怎么样。听说当兵的是要被人杀死的。"

"也许有这样的事。"

大家就说："我们不要去，死在家里也好些。反正逃不了一死。"

老魔王道："傻子，你们这些傻子！当兵也许被打死，也许不会呢，可是不当兵，伊凡大王一定要给你们定死罪呀。"

那些傻子想一想，就跑到伊凡那里去问："将军说的，叫我们全去当兵。他说，你们要是去当兵，那么，你们也许被打死，也许不被打死，你们要是不去呢，那伊凡大王一定要定你们的死罪。这话是真的吗？"

伊凡笑一笑道："怎么能呢，我一个人怎么能把你们全弄死呢？我若不是傻子，我就跟你们讲明白了，可是我自己也不会去的。"

大家说："那么，我们不要去了。"

伊凡道："那有什么，你们不用去啊。"

这些傻子又跑到将军那里，都说不去当兵了。

老魔王想想，他的事情又不成；他就跑到答腊冈王那里去，假造谣言。

他说："我们去打伊凡大王。在他那里，就只没有金钱，其他的粮食呀，牲口呀好多呢。"

答腊冈王领着兵来了。召集了许多军队，预备好枪炮，走出国境，来到伊凡国里。

有人跑去报告伊凡道："答腊冈王领着兵来打我们了。"

伊凡便道："那有什么，让他来便是了。"

答腊冈王领着兵进了边境，派出先锋队来找伊凡的军队。找来找去，没有军队。等来等去，什么地方都没有？没有敌人的军队，竟没有人和他们打。答腊冈王派兵占据村庄。那些兵到了一个村庄，一些傻小子，傻姑娘，跳出来瞧着那些兵，奇怪得很。那些兵就动手去抢那些傻子的粮食和牲口；那些傻子就给他们，谁都不抵抗。那些兵跑到第二个村庄，又是那样。那些兵跑了一天又跑一天，各处都是那样：什么东西都肯给，谁都不抵抗，还请那些兵去同住。他们说："亲爱的朋友们呀，要是你国里住着不好，快请来和我们同住吧。"那些兵跑来跑去，没有军队，只有百姓，自己养活自己，又养活人家，都不抵抗，还请人去同住。

那些兵心烦起来了，跑到自己答腊冈王那里，说："我们不打了，领我们到别处去吧；这仗打得真是好啊，这简直是一团浆糊似的。我们不能在这里打仗了。"

答腊冈王大怒，对自己的军队下令，需走遍全国，毁掉村庄和房屋，烧毁粮食，打杀牲口。他说："你们不听我的命令，我就把你们全定死罪。"

兵士害怕了，只得遵令去办。烧毁粮食和房屋，动手打杀牲口。那些傻子全不抵抗，只是哭。老翁哭，老婆子哭，小孩子也哭。哭着说:"你们为什么要害人啊?干什么,把好东西枉枉糟蹋掉啊?你们要用,还是拿去的好啊。"

那些兵羞愧了。没有多时,全队人都逃散了。

十二

于是老魔王又去了,没有用兵把伊凡赶跑。他就想了另一个办法。老魔王变了一个干干净净的绅士模样,来到伊凡国里住着:准备像对大肚子塔拉史似的,用金钱来赶跑伊凡。他向他们说:"我要来给你们做些好事,把你们教得聪明有学问。我要在你们这里住,盖所房屋,创办一个大钱庄。"他们说:"那有什么,你住着吧。"

老魔王过了一夜,第二天早晨,出去到一处空场上,拿出一大袋金子和纸片说:"你们这些人活着,全像猪仔似的,我来教你们,应当怎样生活。给我照这个计划,盖一所房屋。你们来做工,我来指导你们,还要给你们这些金钱。"他当时拿出金钱来给大家看。那些傻子都奇怪起来:他们铺子里本来没有所谓金钱的,他们只是把东西换东西,做工当报酬。他们很奇怪地看着金钱说:"这玩意儿很好。"于是那位绅士就用那金玩意儿,来换他们的东西和工作。老魔王这才像在大肚子塔拉史那儿似的,放出金钱去,人家因为他有钱,所以什么东西都换给他,什么工作都替他做。老魔王高兴起来,心上想:"我的事成功了!现在要弄倒这个傻子了,和塔拉史一样,我简直连他的肚肠都可以买得来呢。"刚刚那些傻子积聚些金钱,一些女人就都打起首饰来,一些姑娘们都把金子嵌在镰刀上,一些小孩子们,都拿到街上弄着玩儿。可是人人都已经有了许多,也就不再去拿了。那位干净绅士的房屋还没盖好一半,粮食和牲口都还储蓄不到一年的粮食。那位干净绅士就又告诉他们,要让他们去给他做工,给他运粮食,给他送牲口;无论什么东西,无论什么工作,都给许多金钱。

可是谁都不给他做,什么东西都不拿给他了。只有小孩子或小姑娘,有时拿着一个鸡蛋,去换些那金玩意儿;不然呢,简直谁都不会去换,因此他都没有什么可吃了。干净绅士饿得慌,跑到村庄里,自己去买饭吃。跑到一家人家。拿出金子来,要买只鸡,可是那家女主人不要他的,说:"我这里,那种东西多得很。"他又跑到一位没种田的女人家里,给她金子,要买鳕白鱼。那女人道:"好人,我不要这东西;我又没有儿女,没有人要玩这个玩意儿,我已经有三块这种宝贝了。"他又跑到一个乡下人那里,要买面包。乡下人不要他的钱,说:"我不要,请你求求基督,等一下我就叫女人来切面包。"老魔王啐了一口,回身就跳。正说着求基督,可是他听着这两个字,比被刀刺还可怕。

所有地方都走遍了,他竟得不到面包。无论老魔王走到什么地方,谁也不肯为了他的钱,就给他东西。大家都说:"随便你先拿些什么来,或者就来做工,或者求求基督。"可是老魔王除钱之外,什么都没有,做工又不愿意,请求基督,他却做不来。老魔王发怒道：“我给你们钱，你们不要，你们要什么呢？你们有了钱，什么东西都买得到，什么工人都雇得到。"那些傻子可不听他的话。

大家都说："我们不要，我们什么买卖，什么租税都没有，我们有了钱，用到什么地方去呢。"

老魔王那天就没有吃到晚饭，只得去睡了。

这件事呈报到伊凡那里。大家跑到他那里问："我们怎么办呢？我们这里来了一位干净绅士；他吃喝爱美味，穿衣爱干净，可是不做工，也不求基督，尽把一些金玩意儿给我们大家。以前我们还换给他东西，我们那时，那金玩意儿还没积聚起来，现在再不给他了。我们拿他怎么办呢？可不饿死了他。"

伊凡听了，说："那有什么，得养活他。让他挨着一家一家走，好像牧师似的。"

没有办法，老魔王就只能挨着一家一家走去。

轮到走到伊凡家时。伊凡家里，是哑巴姑娘预备饭食的。从前有懒惰人常常欺骗他。那些人没有做工，就先跑去吃饭，常把一饭桶的饭，都吃完了。因此，哑巴姑娘学了一个乖，看看手掌就知道：谁手上有疙瘩，就让他坐上去吃，谁手上没有，就不让他吃。老魔王爬上桌子，哑巴姑娘就抓起他的手看一看，没有疙瘩，手却干净得很，光滑滑的很，指甲很长。哑巴姑娘哑哑地叫着，连拖带拉，把老魔王拉下桌子去了。

伊凡的媳妇向他说："干净绅士啊，你不要挑错儿，我们这位小姑娘，谁手上没有疙瘩，她是不让他上桌子吃饭的。那么你等一下，别人先吃，轮到你还要一会儿呢。"

老魔王又倒霉了，他想在国王那里，像猪仔似的坐着白吃。他就跟伊凡说："傻子，你们国里的法律，使人人都要用手做工。你们这种想法笨极了。难道尽是用手做工的吗？你想一想，聪明人用什么来做工的？"

伊凡道："这儿，我们这些傻子，只知道我们的风俗，除手之外，也会用脊背呀。"

他道："所以你们是傻子呀。我来教你们，怎样可以用头脑做工；你们就知道，用头脑做工比用手好得多呢。"

伊凡奇怪起来，说："唔？难怪人家叫我们是傻子呢。"

老魔王又道："可是用头脑做工也不容易啊。你们不给我吃，因为我手上没有疙瘩，你们可不知道用头脑做工要难上百倍呢。头脑转动起来更难一倍呢。"

伊凡想一想："我亲爱的朋友呀，为什么你这么自讨苦吃呢？难道头脑转动是不容易的吗？你还是做做容易工作，用手，用脊背，好些呢。"

老魔王道："我为什么自讨苦吃，我正可怜你们这些傻子呢。我自己倒不曾讨苦吃，你们才永远做你们的傻子呢。我是用头脑做工的，现在来教教你们吧。"

伊凡奇怪得很，说："你教吧，不然，也只是用手做到老死方休，快让他们换着用头脑。"

老魔王于是就答应来教。

伊凡给全国下了一个命令,说有一位干净绅士来了,他来教大家怎么用头脑来做工,而且用头脑来做工比手做得更好,做得更多,大家来学学。

伊凡国里有一个旧筑的高楼,有一架梯子,可以一直上去,在上面是很高很高的。伊凡就领那位绅士上去,让大家都看得见。

那位绅士站在楼上,就在上面演说。许多傻子围着看。那些傻子心里认为绅士正要做出那类事情,怎样不用手而用头来做工。可是老魔王却只讲怎么样不用做工,也能生活。

那些傻子都听不懂。看了又看,大家也就散了,各自去做自己的事去了。

老魔王站在楼上讲,站了一天又一天,天天在那里讲。那些傻子也想不到把面包给拿到他楼上去。他们以为,他若是能用头脑做工,做得比用手更好,那就一面说着笑话,还可以用头脑做出面包来。老魔王站在楼上尽是讲,又站过了一天。那些百姓走近来看了一看,大家又散了。

伊凡问他们:"怎么样?那位绅士用头脑做起工来没有?"

大家道:"还没有呢,还尽是谈论呢。"

老魔王在上面又站了一天,疲乏起来;站不住,一摇一晃碰在柱子上。有一个傻子看着奇怪,跑来告诉伊凡的媳妇,伊凡的媳妇,赶快跑到田地里去找她丈夫,说:"我们去瞧瞧。人家说,绅士用头脑做起工来了。"

伊凡很奇怪,说:"好!"他把马牵过来,往楼那边去了。来到楼边,看到老魔王已经饿得疲乏极了,摇摇晃晃站立不稳,头往柱子上碰了一下。伊凡刚刚走近去,老魔王又是一晃,滚下梯子来,头上碰了一个大瘤,一级梯子都踏不住。伊凡便道:"唔!这干净绅士说的话,真不错,头脑转动更难一倍呢。这不是么,那是个疙瘩啊;做这样的工作,头是要肿起来的。"

老魔王跌下梯子,头往地上一碰。伊凡要想走近看一看,他做的工作多不多;忽然地裂开来,老魔王掉进地洞里去,只剩下一个洞。

伊凡摇摇头道:"唉,是你,好作弄人的东西!又是他!祝他这位老兄身体康健!"

伊凡一直这样生活,百姓都到他的国里来了,他两位哥哥也来了,他就养活他们。谁到他那里都说:"请你养活我们。"伊凡就向这些人说:"那有什么,你们住着吧,我们这里东西多着呢。"可是他国里有一个风俗:谁手上有疙瘩,就上桌子吃饭,谁没有,就没有饭吃。

三问题

古时候有一个王，想："人做事情必定有三个法子，才能够永操胜利：第一个，事情开始应当知道什么时候是适合的时候；第二个，应当知道哪人用得着，哪人用不着；第三个，应当知道许多事情中间哪一件是最要紧的。"他想到这里，认为这三条是很要紧的；就通令全国解决好这三条问题，就有重赏。

许多有学问的人从四处来朝见王，回答这些问题，可是没有两个人说得相同的。

回答第一个问题：有些人说做每件事情知道适合的时候，应当预先做出日程表来，所定的事情严格按照计划去做，那时候就都有适合的时候了；又有一些人说预先决定做什么事情是办不到的，最要紧的就是不要因无谓的游戏来荒废有用的光阴，并且还要注意所发生的事情，到时就做什么事情就合适了；还有一些人说王一个人怎么能够把各项事情都顾到呢，所以要知道什么事情在什么时候做，先要有智士的谋划，才能合适；又有一些人说也有许多事情不必询问谋士合时不合时，都要自己当机立断的，但是需要预先知道所发生的事情才能够这么办，那卜者就是不可少的了，所以每件事情要知道适合的时候,就应当去问卜者。

回答第二个问题:各人的说法也不同,有些人说王最用得着的人就是宰相群臣;有些人说王最用得着的人是祭司;又有些人说王最需要的人是医生;还有些人说王最需要的就是军队。

回答第三个问题哪一件事情最要紧:有些人说世界上最要紧的事是学问,又有些人说最要紧的是军术;还有些人说最要紧的是敬神。

许多回答都是不同的,王也弄得不知如何,索性一个都不采用,也不给他们赏金。那时国里有一个高尚贤哲的隐士大名鼎鼎,王就想去找他解决这些问题。隐士住在深林里头;独居不出,所应接的人不过是一些渔夫,樵夫,凡人,俗客。王也穿了平常人的衣服,到离隐士的住所很远的地方,就叫侍从止住,自己下马一个人走过去。

王到了那里,隐士正在屋前掘畦。见王来了,同他行过一个礼,又在那里掘起来。隐士是一个又瘦又弱的人,用全力把铲子插入地里,只松动了一小块土,还喘了一大会气。王跑到他面前说:"我有一件事情请教你。我有三个问题请你回答:哪个时候是我应当谨记而不能错过的,哪一种人是我应当和他共事的,哪一种事情是我所做各种事情中最要紧的?请你回答我。"

隐士听了这话,也不回答,在手里头吐了些唾沫,重新掘他的地,王说:"你乏了,给我铲子,我替你掘吧。"隐士道了一声谢,把铲子交给王,自己就坐在地上。王掘了两行畦就止住,又去问他。隐士还不回答，站起来用手抓住铲子说："现在你休息会儿吧！让我自己来掘。"王却不给他铲子，还勤勤恳恳地掘土，过了几个小时；太阳落在树梢后，已是薄暮时间，王把铲子插在地里，说："我来这里是恳求你回答我三个问题的，假如你回答不了你就和我说，我要回去了。"

隐士忽然说："看！那边跑来一个人，这是谁呢？"王往远一看，果然从树林那边跑来一个长着胡子的人。那人一跑，一边用手捧住他的肚子，从手里头流出许多血来。刚跑到王那里，就倒在地下，闭着眼睛，不省人事，直在那里微微地呻吟。

王和隐士二人赶紧解开那人的衣服，见他肚子上中了一处很大的伤。王就竭力给他止血，用自己的手巾替他扎好，血还流了很多。王几次解开染满血的布洗了又洗，又把布拿来裹住伤处。后来血慢慢地止住，那人醒过来，张嘴要喝水，王就去拿清水来喂他喝。

太阳已经下去，天气很清凉，王同隐士把受伤的人抬到屋里去，放在床上。那人闭着眼睛只管躺着，也不言语。王白天走了许多远路，又做了半天的工，实在累极了。刚走到门槛旁边坐在地上就睡熟了。整整睡了一夜，到第二天早晨才醒，张开眼来一看，不知道自己是在这里，看见那长胡子的人正躺在床上，眼睁睁地瞧着他。

那人看见王醒了，就对他说："请你饶恕吧！"王道："我也不认识你，我有什么可饶恕你的？"他说："你不认识我，我却认识你,你我是仇敌;你杀了我的兄弟,夺了我的财产,我与你誓不两立,每天想着报这大仇。得知你独自一个人到隐士那里去,等你回来的时候,我就要刺杀你。却不知道过了半天你还没有回来,我焦急得了不得,就从埋伏的地方出来,想侦查一下。恰巧遇见你的守卫军,他们本来就认识我,把我打伤了。我赶紧逃走,不知不觉地到了隐士屋前,流血过多,我就昏过去了。承蒙你的恩情,给我包住了伤口,所以能够不死。我本来打算刺死你,你却救了我的性命!现在我如能有一天活着,很愿意永远做你忠诚的仆人。并且叫后代的子孙都伺候你,请你饶恕了我吧!"

王很高兴,他竟同他的敌人轻易地讲和了,所以不但赦了他的罪,还允许把财产发还给他,并且要派自己的奴仆和医生来看治他。

王同那人别了,从屋内出来到院子里,去找隐士,因为他未回去之前,还要知道隐士对那三个问题的回答。隐士还在昨天做工的地方俯着身子蹲在所掘的畦上种菜。王走到他面前说:"贤哲的人,现在我最后一次求你回答我这些问题!"隐士也不站起来,抬头向王看着说:"不是已给你回答了吗?"王道:"怎么?已然回答了我吗?"

隐士说:"怎么没有呢?假如你昨天不怜惜我的衰弱;不替我掘毕,却一个人跑回去,你一定要遇险,受那仇敌的攻击。那时你就要后悔为什么不和我在一块儿;所以最适合的时候就是你替我掘畦的时候,最用得着的人就是我,最要紧的,就是给我做的好事。

后来那人跑来,最合适的时候,就是你服侍他的时候,因为如果你不给他裹伤口,他就死了,也不可能和你解这怨仇;最用得着的人就是他,最紧要的事情,就是你对他所做的好事。所以你应当记得最紧要的时候,就是一个当下,因为这当下的时候,你才能够主宰你自己;最要紧的人,就是当下的人,因为谁都不能知道那人到底和我将有什么样的关系;最要紧的事情,就是对那初遇见的人做好事,因为人到世间来,也不过是为了这个目的罢了。"

难道这是应该的吗?

在田野中间，有一所规模巨大的镕铁工厂，四面砌着高墙，好几个大烟筒整天不住地冒烟，打铁的声音传得远远的地方都能听见，还有几件极大的镕铁炉，旁边铺着运物的小铁道，周围还有一片厂里管理人和工人所住的许多房屋。在这工厂里头和在那矿山里头做工的人好像蚂蚁似的一样多；有些人爬到离地面有百尺多深的矿山里去做工，这山里又暗又窄，又有臭味又潮湿，常常要把人闷死。他们天天都要从早晨到晚上，或者从晚上到早晨，拼命地掘铁。还有一些人弯着身子在黑暗里头把铁或黄土运到铁坑里去；重新拉着空车回来，又装满了，又运到那里去。他们差不多每天要做十二个小时或二四个小时。

在矿山里头是这样做工的，在那镕铁厂里有些人在炙热不堪的火炉旁边做工；有些人在烧剩的铁和铁渣流下来的地方做工；还有些机器匠、火夫、打铁匠、瓦匠、木匠等等在工厂里的人也一样要做十二个小时或十四个小时的工。

到了礼拜那天，许多工人拿到了工钱，出去洗澡休息。有时不去洗澡，却跑到酒馆饭店里去吃喝。喝得大醉才罢休。可是到了明天礼拜一,一清早就又要做那种工作了。

在工厂的附近有许多乡下人用老疲瘦弱的马,来耕别人家的田地。天还没亮起来,他们就驾着马从家里出来,怀里揣着几块干面包,就到别人家田地里去耕种去了。

还有些乡下人离工厂不远,坐在石头道上,用席子挡着自己的身体,在那里打石子。他们的腿都磨坏了,手也出了胼胝来,满身都是污泥,不但脸面、头发、胡须、连肺里头也装满了不少的石灰屑。

那些人从石堆里取下一块没被打碎的大石,把它放在地上用那极重的锤子,用力去打碎那块石头。等到那石头打碎了,再拿打碎了的石头来打;必须把石片打得极碎才算完。打完了这个,又拿一块整石头,又开始……,这些人每天从清晨起做工一直做到晚上,一共要做十五个小时或是十六个小时的工。不过在饭后休息两个小时,一天吃两顿饭,早饭和晚饭都用干面包和清水来果腹。

那些在矿山里,在工厂里的人和农夫、石工从小到老都是这样的生活;他们妻子和母亲因为艰苦的工作得了种种疾病,也是这样的生活;还有他们的老父和小孩吃得不好,穿得不好,做那劳力过度,侵害健康的工作,从早到晚,从小到老,也是这样的生活。

可是在工厂的附近,石工和农人的身旁,还有那许多萍踪无定,以求乞为生活的男女中间,有一辆美丽的马车,驾着四匹红栗毛的骏马,——其中最坏的一匹马,都比农夫所有的家产贵得多,——在那里驰骋着。马车里坐着里两位贵夫人,撑着美丽的伞，帽儿上的白羽毛，它的价值比乡下人耕田的马都要贵上好几倍，迎风飘起来，十分的好看。在车前坐着一个军官，穿着很讲究的衣服，连金纽扣都金光闪闪的；一个马夫穿着一套蓝色的制服，喝了一点酒，驾着车横冲直撞，几乎把路上的小孩都踏倒。有一个人从工厂里做工回来，驾着一辆车，刚巧遇着这辆马车直撞过来，几乎就把那人推入小河里头。

马夫竟大怒起来，扬着鞭子对那乡人说："难道你看不见吗？"那乡人听那话，赶紧一只手拉着缰绳，一只手战战兢兢地摘掉帽子。

马车后面有二男一女，驾着自行车飞也似地跟着，嘴里不住的说说笑笑，好几个乞丐在后面跟着跑，他们却一直不理。

又有男女两人骑着马在石道上驰走。那马和鞍子的价钱都不用提了，就是一顶带面衣的黑帽子，也可以值到石工两个月的工钱，那英国式的马鞭都值矿山里苦工一礼拜的工资。马后跟着一只又肥又大的外国狗，戴着很贵的颈圈，伸长舌头跑着，一步也不离开他的主人。

离这马车不远紧跟着一辆车。车上载着一个穿白围裙，笑容满面很体面的姑娘；还有一个长着胡子的肥胖男子，嘴里头衔着一根纸烟，在那里和那姑娘不知说些什么话。

这就是那些坐在车里，骑在马上和自行车上的人的仆人。其实这件事也不算特别。他们整个夏天是这样生活，差不多每天都要出去逛，有时候还带茶酒美味等等，为的是换着地方吃喝，总觉新鲜一些。

　　这几位先生是三个家庭，全住在乡下别墅里；一个是乡下的绅士，手下二千多亩田地，一个是做官的，每月三千卢布的薪水；还有一个是富家大厂主的子弟。

　　那些人看见围着他们乞食的人和苦工，一点也不觉得奇怪，一点也不同情。他们以为这是应当有的事情。

　　骑马的那个妇人看着那只狗，忽然说："不，这不行，狗在这，我一点也看不见路。"她就让马车停住，大家聚在一块说了几句法国话，笑了笑，把那狗放马车里，又往前走；那石灰屑好比云雾似的飞起来，喷在石工和走路人的身上。

　　一会儿马车，马，自行车都一瞥而逝，好像成了另一世界的东西；然而那工厂里的工人和石工，农夫还在那里替别人家艰苦无味地工作，直到他们死去。

　　他们目送那些贵人过去，自己却想："人类是这样活着的吗？"他们心里更觉得一阵阵的难受。

　　难道这是应该的吗？

阿撒哈顿

有一天，阿西利王阿撒哈顿去攻打拉利亚王国。把各城都打败了。抢劫，焚烧无所不为。人民全被掳去，军队也都解散，连那拉利亚王也都做阶下囚了。一天晚上阿撒哈顿正坐在床上想怎么样惩罚拉利亚。忽然在他耳旁听见好像有说话的声音，连忙张开眼来；看见一个长白胡子，小眼睛的老头儿站在自己面前，问他："你想惩罚拉利亚吗？"王说："不错，我正在这里想不出惩罚他的法子呢！"老头儿说："你不知道拉利亚就是你吗？"王说："这不对！我是阿西利，不是拉利亚。为什么说我是拉利亚呢？"老头儿说："你和拉利亚是一样的！不过你自己觉得你不是拉利亚，拉利亚不是你罢了。"王说："这是怎么说的。我躺在轻软的床上，在我旁边，伺候我的，服从我的人不知道有多少。明天我还是要同今天一样，要跟我亲信的朋友一块饮宴取乐，然而拉利亚却像鸟儿似的关在囚笼里头。明天就要伸着舌头，缚在木桩上，把他弄得死去活来！他的尸首也要被一群恶狗撕碎。"老头说："你决不能害他的性命！"王说："我把一万四千个兵卒都杀死了！会怎么样呢？我现在还活着；然而他们不知道到哪里去了。那么说起来，我总是能够杀死他们。"老头说:"你怎么会知道他们不存在了呢?"王说:"因为我没有看见他们。最要紧的就是他们受苦,我却很享福气;他们是傻的,我却是很好。"老人说:"你真这样认为吗?其实是你自己受苦,并不是他们受苦!"王说:"我真弄不明白你在说什么。"老人说:"你想弄明白吗?"王说:"我很愿意。"老人随即指着装满了水的浴盆,说:"请到这儿来吧!"

王起了床,走到浴盆旁边。老人吩咐他脱了衣服,进入浴盆。王果然听了他的话。老人就取了一杯水,对着王说:"现在我要把这水浇在你身上,你的脑袋可也要浸湿了!"说着话,老人就泼起水来。王的全身都溅着水。王正浸在水里的时候,忽然觉得自己并不是阿撒哈顿,好像另换了一个人似的。他觉得躺在一只华丽的床上,有一个像天仙一样美的妇女伴着他。他原先可没有见过这个妇女。然而他知道这是他的夫人。那个妇人起来了向他说:"我亲爱的夫君拉利亚呀!昨儿你忙了一晚上,今天觉得累,就比平常起得晚了。我也不敢来惊醒你。现在亲王们全在大殿里等候你,你快起来,穿上衣服去见他们吧!"阿撒哈顿听了这样的话,就明白他竟变成了拉利亚了。他觉得很奇怪,可也迷迷惑惑地起了床,穿了衣服,走到大殿上去。亲王们迎着,跪下叩头。一会儿起来,遵着王命,坐在前边。亲王中间一个最长的人起头说恶魔阿撒哈顿王种种凌虐国家的事。并且现今实在无可忍耐了,一定要同他们宣战。把他们打败了,出出这口闷气。拉利亚王那时并没有答应他们,不过决定派一个使臣去同阿撒哈顿交好。又把各位亲王都用好言遣散了,就拣了一个忠诚的人去当使臣,教了他好些应当对付阿撒哈顿的话。办完了事,那假拉利亚就入山去打猎;总算成功,他自己打死了两只驴。回来的时候就同他的臣下饮酒取乐,看奴隶们跳舞。到了第二天,他照常出朝,在那里问了很多案件,又批了许多折子。公事办完,他又出去打猎。这次打猎,王自己打死一只老狮,捕到两只乳狮。打猎以后,他又同臣下们歌宴取乐。晚上就同他亲爱的妻子在一块儿,他老是这样一天天的过,等派到阿撒哈顿王那边去的使臣回来。过了一个月,使臣居然回来了。回来固然回来了,却少了鼻子和耳朵,并且传阿撒哈顿王的话:说假如拉利亚王不立刻献上贡银,或者不亲自到那里去朝拜他,他就要把施在使臣身上的刑罚,施到王的身上来了。那原是阿撒哈顿的拉利亚又召集了亲王们,同他们商议办法。他们全都异口同声地说:"不如等阿撒哈顿没有打过来的时候,自己先发兵攻他的好。"王点头允许,立刻发兵出征。战争经过了七天;每天王亲自巡问各军,鼓起他们的勇气。到了第八天,拉利亚的兵同阿撒哈顿的兵在河岸旁边宽大的山谷里大战;拉利亚的军队是很勇敢的,他们看见敌人好像蚂蚁似的从山上下来;布满了山谷,恐怕对方有战胜的形势。拉利亚就驱马进到战阵的中心,用他的全力杀敌。然而拉利亚兵数和阿撒哈顿的兵数比较起来,整差了十倍多,那如何能敌过对方呢?后来拉利亚王就受伤被擒。九天工夫,他同别的囚房,被阿撒哈顿的兵,逼着上道。到了第十天,把他带到尼业昧京城去,放在囚笼里头。拉利亚受苦是不用说的啦,不但挨饿受伤,就是敌人的百端羞辱,也忍受不了。他觉得自己忍受的苦处，是没有办法报仇了。仅有一件事，他是能够办的，就是他一直不会让他的敌人瞧着他受苦，觉得心里痛快，所以他装出勇敢的样子来，嘴里也不说抱怨的话，无论敌人怎么样处置他，他始终忍受着。他坐在囚笼里头，有二十天了，天天等着行刑。他瞧见他的亲友去行刑的苦痛，他听见那死囚呻吟的声音，有的砍掉了手和足，有的活活剥身上的皮。他虽然看见许多惨状，却并不表现出一点不安，怜惜和恐惧的样子来。又看见太监把他亲爱的妻子打着向前走，他知道要把他妻子送到阿撒哈顿宫里的女奴所去，可是他还是咬着牙忍受着，也不露出悲恨的脸色来。到了后来，两个刽子手，过来打开囚笼，把他两手反绑着，送到那血染满地的行刑场去。拉利亚在那里看见从带血的尖桩子上，卸下来一个尸首，那个尸首就是他的好朋友。拉利亚也就猜着那桩子是他毙命的所在。刽子手把他衣服剥去，他看见自己健美、强壮的身体竟瘦得不成样子；不觉一阵心酸。那时候刽子手用夹子夹住他的身体，举起来想要放到桩子上去，拉利亚想："这马上就要死了。"不禁这么一想，却忘了自己勇敢坚决的初心，大哭起来，哀求他们免刑。可是谁也不曾听他的话。

他忽然想："没有这件事情，我好好儿地睡着，这是在做梦。我是阿撒哈顿，我哪是拉利亚呢？"一边想着，一边用劲让自己醒。忽然听见好像有人小声在他耳边说："你就是拉利亚，你就是拉利亚！"他觉得这就要行刑了，不禁大叫起来。说也奇怪，一刹那间却从浴盆里头伸出头来,老人正站在他旁边,最后一次把水泼在他头上。阿撒哈顿说:"我好受苦呀!这梦怎么那么长呢?"老人说:"长吗?你刚把头伸进去,立刻就伸出来。你看吧,壶里头的水还没有泼尽呢。现在你明白了吗?"阿撒哈顿不回答。他一直瞧着老人,露出惊奇的样子。老人继续说:"现在你明白了吗?拉利亚就是你,你弄死的那些兵也是你。不但是兵,就讲到你打猎的时候,打死了拿回来作酒菜的野兽,那全是你。你想着生命仅仅是你才有的吗?现在我已经把你的妄想除掉,你可以明白对别人做恶事,就是对自己做恶事。全生命只有一个,在你里头的,那不过是这生命中的一部分。并且你仅能在这生命的一部分里,——在你生命里头——去发展去减少。在你生命里头发展自己的生命,也不过只有一个法子。就是要除掉限制你的生命和别的生命的界线。把别的生物看作和自己一样。那就说是要爱他们。除掉在别的生物里头的生命,那不是你的权力。被你杀死的生物的生命,在你眼前,不见了,可是并没有灭掉。你想延长自己的生命,灭掉别人的生命。那你是办不到的。生命的东西,是没有时间和空间的。生命可以说是一刹那的时候,也可以说是千万年。世界上,你的生命和别种看得见看不见的生物的生命,是平等的。要把生命灭掉,或是变更,那是决不能的,因为他是唯一的。别的东西不过我们认为他如此,就如此罢了。"说了这番话,一眨眼的功夫,老人忽然不见了。

第二天早晨,阿撒哈顿王就把拉利亚和所有囚虏赦放。又下令国内免除死刑。到了第三天,他把他儿子阿苏巴尼帕拉来,传给他王位。他自己却隐去在沙漠里头,细想他所知道的。以后他有隐士的装束,往各城各村去传告众人说:生命是唯一的,人要对别人作恶,那就和对自己作恶一样的。

人依何为生

一

一个靴匠带着妻子和孩子们住在农家屋里。他没有房屋，也没有土地，就做着靴工的小买卖自养其家。面包是贵的，工是贱的，赚下多少便吃去多少。靴匠和妻子只有一件皮袄，就连这个也坏得碎成片了，第二天，他打算买一块羊皮做一件新袄。

秋天，靴匠攒了几个钱，将三卢布藏在他老婆箱内，还有五卢布二十哥币分别存在村中几个乡人那里。

一天早晨，他打算到村里去买皮袄。衬衣外穿着一件棉袄，又套上绒大衣。怀里揣着三个卢布的纸币，折了一根棒做手杖，用完早餐便动身了。心想先到村中乡人那里取五个卢布，加上自己的三卢布，便可以买一件羊皮袄了。

他走到村中先寻找一个乡人，没有在家，他妻子许诺在一礼拜内让她丈夫送点钱来，到时却一个钱也没有；他又到另一个乡人那里，那乡人直诉苦说没有钱，只拿出二十个哥币修靴钱。靴匠想暂且赊一下皮袄，那卖皮袄的人却执意不肯，只说："拿钱来便挑你心爱的东西去，赊账是不行的。"

靴匠一件事情都没有办到，只收得二十个哥币，另外在一个乡人那里取了一双老冬皮鞋来缝补。他不免垂头丧气，一万分的不高兴，便把二十个哥币买了酒喝，才走回家去。他从早晨凉到现在，如今喝了一点酒，就是没有皮袄，身上也十分温暖。在道上走着，一手不住地用那手杖击地上的石头，一手把一双鞋上下挥着，不由得自言自语起来。他说："我不穿皮袄也很暖和。喝了一杯烧酒，筋骨里沸腾起来。也不用什么皮袄。走着走着便忘掉忧愁了。我就是这种人！我有什么要紧呢？我不用皮袄也活得成。我一世都不穿皮袄。不过我那老婆不免有点不舒服罢了。最可恶的就是我给你做了工，你却玩弄我。你小心着吧！不拿钱来，准把你头上帽子取下来。这算什么意思？只给了二十个哥币！才够我喝一顿酒的费用。嘴里说着没有钱，没有钱，你没有钱，难道我会有钱吗？你有房子，有牲口，什么都有；我却除一身以外，别无长物。你自己有面包，我还需向外边买去。这三个卢布难道还不能给我吗？"

靴匠走近钟楼那边，看见前边闪着什么白的东西。那时候天已薄暮，靴匠仔细看着，辨不出到底是什么东西，心里十分纳闷。自忖这里又没有一块石头。是牲口吗？又不像牲口。从头上看去仿佛一个人，那么白的到底是什么？如果是人，却在这里做什么事情呢？他正自独自忖度的时候，再走近一步仔细一看。实在是一件怪事！但见一个不死不活的人赤身坐着，靠在钟楼那里，丝毫不动。靴匠一看之下，不由得吓一大跳，心想这个人一定是被人杀死，剥去衣服，扔在这里。赶快走，不要惹出祸来。

靴匠想罢，便从旁边走过去，走到钟楼后边，看不见那人。走过钟楼,回头一看,听见那人背着钟楼正在那里慢慢地动,仿佛四处探望似的。靴匠心里越发胆怯,心想走到哪里去呢?还是径直走过去呢?如果走到那里去,谁知道他是个什么人?恐怕要出什么事。这个地方是不能做好事的。一走过去,他马上跳起来,把你弄死,你也没有力量去和他抵抗。如果他并不怀什么恶意,你可以去同他周旋。那么你同光身人有什么办法呢?难道把自己唯一的衣服脱下来给他吗?

靴匠想到这里,便放开脚步,想着径直从钟楼那里走过去,不管这些闲事,良心却责备起他来。

他站在道上自语道:"谢明,你这个人怎么啦?人家正在危难之中,将要死去,你却因为胆怯,想从他面前走过,掉头不顾。难道你已经发财了吗?怕别人家抢你的钱吗?谢明,你这种行径实在有点不合适啊!"

谢明便转过身来向那人走去。

二

谢明向那人走去,看看他,知道这人年纪还轻,力量也大,身上也没有被打的痕迹,不过因为冻着,所以成了这个样子;他斜倚在那里,不看谢明,仿佛极其累乏,不能抬起眼来,谢明刚走过他身旁,那人忽地清醒过来,回头睁眼向谢明看了一看。就此一看,谢明不由得爱怜起这人来。便赶紧先把那双冬鞋扔在地上,解开带子,给他穿上冬鞋,然后就脱下外套,一面说:"唔,快穿上吧!"

谢明扶着那人肘儿,拉他起来。那人身体十分轻,手足也有损坏,脸上极其温和。谢明把外套给他披在肩上,见他衣服都没有力气穿,便代他穿好,系上带子。他又从头上脱下一顶破帽儿,想给他戴上;自己的头却不由得发起冷来,心想我是个秃子,他却满头都披着卷曲的长头发。想罢,便重新把帽子戴在自己头上。谢明给他料理齐整,便说:"喂,你稍微走几步。再好生烤一烤,便好了。还能走路吗?"

那人站着,直注视着谢明,一句话也说不出口。谢明又问那人:"怎么你不说话?这里过不了夜。还是到屋子里去。我家离这不远，你身体虽很累乏，终要支持着过去。快走吧！"

那人就慢慢一步一步地往前走去。途中，谢明问他："你从哪里来？"那人道："我并不是这里的人。"谢明道："这里的人我全认识。你怎么会倒在这钟楼下呢？"那人道："那个我可说不上来。"谢明道："不是人家折辱你吗？"那人道："谁都没有辱我。是上帝指示我的。"谢明道："固然万事全系乎上帝，但是也需人为的。你到底想往哪里去？"那人道："我到哪里去，全是一样的。"

谢明听着这话，不由得十分纳闷，心想看那人谈吐文雅，似乎并不是坏人，可为什么不肯说出自己的来踪去迹。转来一想，且不管那人究竟怎样，还是我做我的事情。他便朝他说："既然你没有去处，就往我家去吧。"

谢明同那人并肩行着，走到自家院子那里。一阵风吹过来，直吹进谢明汗衫里头，酒醉已醒，身上觉得冷。他一边走着，一边想："全因为那一件皮裘，本来是去买皮裘的，现在连外套都不在自己身上，还带了个光身人回来。玛德邻是决不赞成这件事情的！"他一想到玛德邻（他的妻子）心里免不得发起愁来。再看一看那奇异之人，想起刚才在钟楼下的情境，心里愈加不安起来。

三

　　谢明的妻子早就把家事收拾齐整。柴也砍好了，水也提来了，孩子们也吃饱了，自己也吃了一点，心中便盘算起来；心想几时去做面包，是今天晚上，是明天？不过面包却还剩着一大块。她想："如果谢明今天晚上已经在外边吃完回来，我一顿早餐又不吃，明天那些面包就够用了。"她不住地把那块面包翻来翻去，心想："今天可以不做面包。现在所存的面粉已经无几，还要延到礼拜五才成，所以不如节省些的好。"

　　玛德邻把面包藏好，便坐在桌旁替她丈夫缝汗衫。她一边缝着，一边想起丈夫出去买羊皮袄的事情来。她想："卖皮的人不会哄骗他吧？我们那个人的性子是十分直爽的，自己决不欺人，只恐怕三尺童子都会欺骗他。八个卢布也不算小事，能够买一张好皮。无论是柔皮的，却也算是皮，去年冬天没有一件皮袄才算受罪呢！什么地方都不能去，连河边都不敢去。他一出去，又把衣服全穿在自己身上，我简直没有什么可穿的。他去了这么久，也应该回来了。不是又在外边胡逛了吧？"

　　玛德邻正在挂念的时候，耳朵听见街上脚步的声音，有人走进来，她赶紧把针插在一处，迎到外屋去。一看进来两个人：一个是谢明，一个是头无帽子，脚套冬鞋的男子。

玛德邻一眼就看出她丈夫酒醉的样子，心想他准又在外边胡闹了。又看见他外套都不在自己身上，手里还是空着，并没有拿着什么，却不吱声也不言语，在那里微微地发颤；玛德邻便心慌起来想："他和这个不正道的人喝了酒，聊在一起，却又把他带回来了。"

玛德邻让他们两人进屋，自己也随着进去，一看那人年纪还轻，身体瘦弱，她丈夫那件外套倒穿在这人身去。那人外套里面又没穿汗衫，帽子都不戴着。刚一进来便站在那里一点不动，眼也不抬起来。玛德邻心想这个人不是良善之辈，便惧怕起来。

玛德邻紧蹙眉头，退到火炉那边，看他们做点什么事情。

谢明摘下帽子，坐在坑上，还似平常一样，对他妻子说："怎么，你给我们预备吃的没有？"

玛德邻鼻子里哼了一声，站在火炉那里，一动也不动，看着那两人直摇头。谢明看见他妻子脸露不悦之色，可也没有法子；便一面假装着毫不觉察，一面拉着那奇人的手，说："朋友，请坐，我们快吃饭了。"

那人坐在坑上。谢明又对他妻子说："怎么，还没有做好吗？"

他妻子气愤愤答道："做是做了，却不关你的事情。你真好呀，我看你又喝醉了，你是出去买皮裘的；回来的时候不但皮裘没有买到,自己外套又没有了,又带了这样一个光身的人来。你这个酒鬼,今天没有你们吃饭的份。"

"玛德邻,说话不要这般无理!你也先问问这人是……"

"你快说钱在哪里?"

谢明从口袋里把钱币拿出来,转了一转,说:"钱还在这里,他们没有把钱还我,明天再问他们要去。"

玛德邻听着愈加生气:皮裘没有买来,那外套倒穿在别人身上,又带他到家里来。她就从桌上拿起纸币,藏起来,又说:"我没有东西吃。那一个醉鬼我更不愿意给他吃。"

"唉,玛德邻,说话留神些。先听一听再说……"

"为什么来听你这酒鬼的醉话。我本是不愿意嫁给你这酒鬼的。真是倒霉!母亲给我的布,你全拿来喝了;出去买皮裘,也全喝完了。"

谢明想对他妻子说自己喝酒,只花去二十个哥币;又想说他怎样找见这个人,他妻子却终不让他插话,自己刚说上两句,又被他妻子抢着说了。差不多十年以前的陈事,她全一股脑儿唠叨出来。

玛德邻越说越有精神,索性跳到她丈夫身旁,指手画脚地骂起来。后来气稍平一些,拉着门正想出去;她的心忽地动了一动,便平心静气,想知道这到底是什么人。

四

玛德邻站住说:"这个人如果是良善之辈,决不会光着身子,连一件汗衫都没有。无论你做了什么好事,你总需对我说这个人是从哪里带来的。"

"对啊,我说给你听吧!我走到钟楼那边,看见这人衣服都没有,坐在那里,冻得几乎僵死。想想这时候并不是夏天,可以随便赤着身子。上帝特地引我来救他,要不也就完了。这有什么法子?难道这件事情都不能做吗?我就拉他起来,给他穿上衣服,带到家来。你暂且平息一下你的怒气。玛德邻,你不怕罪过吗?我们是快死的人了。"

玛德邻正想开口骂,她看了看那人,却不言语了。那人正坐在坑边。身子一动也不动。手放在膝上,头垂到胸间,眼闭着,眉皱着,仿佛有人用绳子正在勒死他似的。玛德邻一言不发,谢明却说:"玛德邻,难道你心里竟没有上帝吗?"

玛德邻听见这话,看了那人一眼,气就下来。她从门那边退回来,走到炉子那里,预备晚饭。先把茶杯放在桌上,倒进茶水,拿出一大块面包来。又把刀匙放好,便说:"快吃吧。"谢明便叫那人爬上炕去,自己把面包切成碎片,两人便吃起来。玛德邻坐在桌旁,手托着头,注视着那人。她越看越可怜他,不由得怜爱起他来。那人忽然十分高兴,眉毛已经不皱,抬头向玛德邻一看,微笑了一下。

饭毕,玛德邻收拾齐整,便问那人:"你从哪里来?"

"我不是这里的人。"

"你怎么会倒在路上呢?"

"那个我可说不出来。"

"谁把你弄成这样子的呢?"

"上帝指示着我。"

"就这样光身躺着吗?"

"就这般光身躺着,冻得利害。谢明看见我,不由得哀怜起来,便脱下外套,给我穿上,让我到这里来。现在你又给我吃喝,十分怜惜我。愿上帝保佑你们!"

玛德邻站起身来,从窗那里取出谢明穿的旧汗衫,交给那人;又找出一条裤子给他,一边说:"我看你也没有一件汗衫,先把这件穿上,随便在什么地方躺一下子,棚上也好,炕上也好。"

那人脱下外套,穿上汗衫,躺在棚上。玛德邻灭了灯,拿着外套,爬到丈夫身旁。她用外套一头盖着,躺着却不睡着,心里头直想那人。想着所有面包全被他们两人吃完,明天就没有东西吃了。又想起那件汗衫和裤子都已给了人家,心里便忧愁起来;却想到那人的笑容,心里又快活起来。

玛德邻许久没有睡熟,只听见谢明也睡不着,把外套拉到自己身边。她便轻轻喊道:"谢明!"她丈夫答应着。她说:"面包全被你们吃完了,我还没有做好。明天不知道怎么办。不如向玛拉尼借点去。"谢明道:"能活一天,能饱一天。"玛德邻躺着不言语了,一段时间后,又说:"这个人看着很好,不过他终不肯说自己的来踪去迹。"谢明道:"大概他终有不能说出的原由。"玛德邻道:"也许是这样的,不过我们会帮助人,为什么没有人帮助我们呢?"谢明不知道怎样回答,只说:"那也不必管他了。"说罢,便转过身去睡熟了。

五

早晨谢明醒来。小孩子们依旧睡着,妻子到邻舍那里去借面包。那人穿着旧裤旧汗衫正坐在坑上,往上看着。他的脸色比昨日更为光亮。

谢明说:"朋友,怎么样?肚子要面包吃,光身要衣服穿。你总需想法子过日子才行。你能做什么工?"

"我一点工也不会做。"

谢明觉得很奇怪,却说:"只要心里愿意,什么事情全是学来的。"

"人家做工,我也要做工。"

"你叫什么名字?"

"米海勒。"

"唔,米海勒,你不愿意说你的来踪去迹,那是你的事情,却终以能自己养自己才是。我吩咐你做什么工,你就做,我供给你饭食。"

"很好,我可以学一学。你吩咐我做事情吧。"

谢明拿起丝线,在指头上绕,打了个结,说:"这事情并不太难,你看吧。"

米海勒看了一会儿,拿起线来,绕在指上,也照样打了个结。

谢明教他怎样锻皮子,米海勒立刻学会。又教他捻鬃毛和缝缀的法子,米海勒也一下子便明白。谢明无论教给他什么,他全都很快学会,第三天就做起工来,和熟手一般。他做工并没有一点敷衍的样子,吃得又很少;工作一完,便默不作声,向上看着。他不上街去,不说空话,也不闹玩笑,也不露笑容。只在第一天晚上,当玛德邻给他预备晚餐的时候,瞧见他笑了一笑。

六

一天一天，一礼拜一礼拜的过去，一直到了一年。米海勒照旧在谢明家里做工，在外边已经传扬了极好的名誉，说谢明家的工人米海勒缝的鞋子又干净又结实，没有一人能比得上他；这样三三两两地传扬出去，许多人竟从远处跑来买鞋，谢明顿时增加了许多收入。

冬天一日，谢明和米海勒正一块儿坐着做工，忽地远远地跑来一辆三匹马带铃的的车儿。他们从窗里向外一看，见着那马车正停在门前，一个马夫先跳下来，开了车门。一个穿皮袭的绅士从车里走下来进入谢明家内，走到台阶上。玛德邻跳出来开门，那绅士弯着身子走进来，刚一直身，头几乎顶在棚上，竟给他占着了大半个屋。

谢明站起身来，鞠了一躬，看着那绅士，觉得惊奇。因为他从没见过这样的人。谢明本来很瘦，米海勒比他更瘦，玛德邻却瘦得好比一根干柴，那人却仿佛从另一世界来的；脸儿又红又肥，脖儿粗得和牛颈一般，全身仿佛刚从火里取出来的红铁。

那绅士吹了一口气，脱下皮袭坐在坑上，便问："谁是这个鞋铺的主人？"谢明应声道："是我。"那绅士顿时叫他仆人把货物拿来。那仆人跑进来，手里提着包袱，递给他主人。绅士拿着包袱，放在桌上，吩咐解开。那仆人便解开。绅士指着那皮料，对谢明说："皮匠，你听着，你见过这路货没有？"谢明答道："见过。"绅士便问："你知道是哪种货。"谢明摸了一摸，说："这个货物很好。"绅士道："自然是好的。你这个傻子，还没有见过这路货色吧。这是德国货，花了二十个卢布才买来的呢。"谢明胆怯起来，说："那我们哪里能见过呢！"绅士问："你能不能用这个材料，照我的脚替我做双鞋呢？"谢明说："可以。"绅士对他喊道："你自然要说能够。你必须明白你是为谁做鞋，用哪一种材料做得好。我让你做这双鞋，需穿一年，一点也不能坏。你能够做成这样，便拿去剪材料，如果不能，就不要拿。我先对你说一下：如果这双鞋一年之内便坏了，一定要把你下入监狱里；如果过了一年，并没有毁坏，那就给你十个卢布的工钱。"

谢明听着这话，不由得惧怕起来，不知道怎么说好，只看着米海勒轻轻推他手肘，说："朋友，怎么办？"米海勒点头道："可以答应下来。"谢明听从米海勒的话，把这宗买卖答应下来。绅士把那仆人喊过来，吩咐脱去左脚鞋子，伸出脚来，说："量量吧！"

谢明缝好十寸的一条布，把他弄得十分平匀，便弯身下去，先把手擦得干净，免得弄脏了绅士的袜子，便动手量起来。先量脚底，又量脚边，后来又量那粗如木头的腿，那条布竟不够用；便重新缝好一条来量。那绅士坐在那里,脚趾不住地摇动,屋里许多人都过来看着。绅士看是米海勒,便问:"这是你的什么人?"谢明道:"这是我的工人,将来鞋也归他缝。"

绅士对米海勒说:"你好生记着,缝得需穿一年才好。"谢明看了看米海勒,见米海勒并不看那绅士,却只朝着绅士身后看去,瞧着瞧着,忍不住微笑了一下,脸上发出光来。

绅士说:"你这傻子呲着牙笑什么?你记着,一定要如期办好。"米海勒道:"几时要,便能几时做好。"绅士道:"那就好了。"

绅士穿上鞋子和皮袄,走出门。却忘记弯身,脑袋撞在木头上面。他呶呶地骂了几声,擦了擦头,坐上车便走了。

绅士已经走了,谢明说:"这个人真好像铁锤做成的,脑袋撞在门上,也不觉得怎样。"玛德邻道:"这间屋子,他站都站不直。这种铁钉似的人是很不容易死的。"

七

谢明对米海勒说:"工固然已经答应人家了,却恐怕要招出什么祸事来。材料很贵。那位先生又很有脾气。你眼睛比我尖,手也十分灵快。给你这尺子!你去裁剪那材料,等一会儿我来缝缝那鞋头。"

米海勒便拿起材料,铺在桌上,叠做两层,拿着刀子裁起来。玛德邻走过来,看见米海勒在那里裁剪,不由得觉着奇怪起来。原来她对于缝鞋一事总见,也很熟,现在看见米海勒并不照着皮鞋样子裁剪,却剪横圆样子。她正想说出来,又想:"也许我并不明白怎样替绅士剪鞋的法子,米海勒一定知道得多,我也不必管这件事情了。"

米海勒裁好,便拿起来缝,却不照皮鞋样子两头去缝,只缝一头,像缝拖鞋一般。玛德邻看着越发奇怪,却还不去管他。米海勒勤勤恳恳地在那里缝。到了响午,谢明起来看见米海勒已经用绅士的材料缝成一双拖鞋。他不由得叹气起来,想:"怎么米海勒做了一年工,没有一点错,现在却做出这宗祸事来?绅士定做的是靴子,他却做成没有脚跟的拖鞋,把材料全都损坏了。现在叫我怎么回应那位绅士呢？这种又不是轻易兑现的。"

他就对米海勒说："你怎么做成这样子？你简直坑死我了！你知道绅士定做的是鞋子，你这缝成了什么东西？"

他正在那里和米海勒理论的时候，只听见门外敲门的声音。从窗里一看，一个人骑马下来，把马在一边系好，谢明便来开门，进来一看，原来是那位绅士的仆人。便互相问了好，又问他来为什么事。他道："我家太太派我来，为了那双鞋子的事情。"谢明问："什么鞋子的事情？"那人道："就是白天这件事情！老爷现在用不着这双鞋子，因为他已经故去。还没有到家，他就死在车里。车刚到家，开门一看，他已经倒在里边死去。所以我家太太叫我来吩咐你，老爷刚才定做的鞋可以不要了，你赶快就用这项材料缝成一双死人的拖鞋。他又让我等着缝好了，一块儿带回去。我现在来就是为了这件事情。"米海勒便从桌上取下剪剩下来的材料，又拿出做成的拖鞋，用布擦了一下，递给仆人。仆人拿着拖鞋，喊声："再见！"便上马走了。

八

一年一年的过去，米海勒住在谢明家里，已至六载，生活还是照常，也不到别的地方去，也不说空话，多年来只笑过两次：第一次在玛德邻预备给他晚饭的时候，第二次就在绅士来定做皮鞋的时候。谢明不是很喜欢他的工人，也始终不问他从哪里来的；却怕米海勒离他而去。

有一天他们在家里坐着。主妇把生铁放到火炉里烧，小孩子们在铺上跑着。谢明在窗旁坐着缝鞋，米海勒却在对面窗旁打靴跟。

小孩忽然跑到米海勒面前，爬到他肩上，向窗外望，便说："那边一个妇人带着两位姑娘走过来呢。那个姑娘是个跛足。"

孩子一说这话，米海勒放下手头的工作，回身朝窗外望。

谢明不由得奇怪起来。米海勒从来没有向窗外望过，现在却倚窗瞭望起来。谢明于是也向窗外望着：看见果真一个妇人走到他院子里来，她穿得十分整洁，手里领着两个穿皮裘的小姑娘。两个小姑娘面貌都很相像，简直分辨不出来。一个姑娘左脚已蹩，一瘸一拐地走着。

妇人走进前屋，把室门一开。先让两个姑娘进来，自己也随着进来。

"掌柜的,你好呀!"

"请问什么事?"

妇人坐在桌旁。小姑娘躲在她腿旁,见着人怕生。

"这两个小姑娘要做双春天的皮鞋。"

"这个可以。我们虽然没曾做过小鞋,却总好办。哪一种式样都能做。我那米海勒便是老手。"

谢明一边说一边看着米海勒,见米海勒丢下手里的活,坐在那里,目不转睛地看着那两个小姑娘。谢明不由得又奇怪起来。自然那两个小孩是很好的;黑汪汪的眼睛,红芬芬的脸颊,衣服都穿得十分整齐,谢明却终不明白为什么他永远看着她,仿佛熟识的朋友一般。

谢明一边纳闷,一边同那妇人谈话。他便量起鞋来。妇人把那跛足的姑娘放在膝上说:"这个小孩应该量两个尺寸,那个跛脚缝一只鞋,那个直脚缝三只鞋。她们的脚差不多大小,她们是双胞胎。"

谢明量着尺寸,对着那跛脚姑娘说:"她怎么会这样呢?好好的一个姑娘。生来是这样的吗?"

母亲说:"不对。"

玛德邻奇怪起来,便想知道那个妇人和小孩的底细,问:"难道你不是她们的母亲吗?"

"我并不是她们亲生的母亲,两个孩子全是别人家的。"

"不是自己的儿女,怎么这般爱惜她们呢!"

"我给她们喂奶,我怎么能不爱惜她们呢!自己也有小孩,却被上帝取去了。"

"那么她们是谁家的孩子呢?"

九

　　那妇人便讲起来："六年以前，有一个礼拜，当这两个孩子生出来的时候，她们的父亲已于星期二那天安葬，母亲不过一天也就死了。我那时候正和丈夫住在乡村里。我们是邻居，对门住着。他们的父亲家庭十分简单，在树林里做工。一根木头坠下来，正砸中他头上。一下子就压倒了。大家刚把他抬回家去，灵魂已经交给上帝了；他的妻子就在这礼拜里生下两个孩子，就是这两个！她一个人在那里，又穷，又寂寞。她一边生产着，一边就要死去了。

　　"这天早晨，我正好去看望我那邻居，走进屋里，她的心已经冷了。她死的时候，压在这个姑娘身上，压坏了这只腿。邻人都聚集起来，有的给她洗浴，有的给她穿衣服，有的给她棺材，便把她葬了。他们倒是是好了啊，可是只剩下那两个小孩。怎么办呢？那时候许多村妇中只有我一个人正哺乳着小孩。我那大孩正生养了七个礼拜。我临时便把她们领来。村人聚集着商议，却想不出什么法子来，后来便对我说：'玛里亚，你暂且先留下这两个孩子，等我们慢慢想出法子再说。'我便答应给那个好脚的小孩吃奶，却不给跛脚的吃。后来一想，为什么要得罪天神呢？并且我也很可怜这个小孩。于是也给她吃奶，连自己儿子，一共有三个小孩吃奶。那时候我年纪又轻，又有力量，吃得又好，奶水流出很多。喂着两个，那一个等着，可是上帝安排着要使那两个孩子活着，自己的孩子在两岁上就死去了。以后上帝也不再给我孩子。现在我们住在商家磨房里。薪水很高，生活也好，却没有儿子。如果没有这两个孩子，我一人怎么能活着呢！那叫我怎么不爱她们！"

说着，她一只手拉着那跛脚的小姑娘，一只手擦起脸上的眼泪来。

玛德邻叹着气说："可见谚语说得真不错：没有父母可以活着，没有上帝决不能活。"

他们正互相谈着话，忽然从米海勒坐的地方放出一阵霞光，照耀着全室。大家全望着他，看见他坐在那里，两手交叉在胸前，向上看着，脸上微微含着笑容。

十

那妇人领着小孩子们走了，米海勒便站起身来，放下工作，脱去前褂，向主人主妇鞠了躬，说："主人，再见吧。上帝已经饶恕我了。"

他们看见米海勒身旁都围着神光。谢明也站起来，向米海勒鞠躬说："我看你不是平常人，我也不能留住你，我也不能查问你。只请你说一件事：为什么当我找到你，领你到家的时候，你这样忧愁，却在我老婆给你吃饭的时候，你对她笑着，那时候你就比较光明些呢？还有，为什么当老爷定靴的时候，你第二次笑，而从此又光明些呢？现在为什么当那妇人领着小孩来的时候，你又笑着，而你全身都光明呢？请问你身上怎么会发神光，你怎么又笑三次呢？"

米海勒道："我身上有神光，因为我本被罚，现在上帝已饶恕我了。我笑三次，是因为我要知道上帝的三句话。后来我知道了上帝的话：第一次话是在你妻子爱惜我的时候知道的，所以我笑了一次。第二句话是在那老爷定靴的时候知道的，所以我又笑了一次。现在当我看见那两个小姑娘的时候我知道了第三句话，所以我又笑了。"

谢明说:"请问:上帝为什么要罚你,并且上帝说的是什么话?"

米海勒道:"上帝罚我,因为我违背了他。我是天上的神使,却违背了上帝。"

"有一次上帝派我去取妇女的灵魂。我飞到地上一看,正躺着一个妇人,病得很利害,生下两个女孩。那女孩在母亲旁边动着,母亲也不能给她们吃奶。那妇人看见了我,明白是上帝派我来取灵魂的,便哭着说:'天神!我的丈夫刚刚安葬,是木头把他压死的。我也没有亲戚姐妹,谁也不能养我这两个孤女。你不要取我的灵魂,让我把自己的儿女养活好再说吧!小孩子没有父母是活不了的啊!'我听着那母亲的话,把一个小孩放在她胸前,一个放在她手上,便升天去朝见上帝。飞到天上,我就说:'我不能取慈母的灵魂。父亲被木头压死,母亲生下两个孩子,我请求不要把她的灵魂取去,让她养活了两个孩子再说。所以我不能取她的灵魂。'那时候上帝就说:'快去取那母亲的灵魂来,并且还要知道三句话:人有什么?什么东西不能给人?人依何为生?等到你知道了的时候,再回到天上来。'我便返回地上,取了那妇人的灵魂。

"婴孩从母亲胸怀里掉下来。尸体挺在床上,压着一个小姑娘,压坏了她的脚。我飞到村子上面,打算把灵魂给上帝,一阵风向我吹来,我的羽翼也吹掉了,那个灵魂自己到上帝那里去,我却掉在地上道旁。"

十一

　　谢明夫妇这才明白他是什么人，不由得又惊又喜，哭泣起来。那天神又说："我赤着身体。一人躺在田里。我以前既不知人间的需要，又不知所谓饥寒。现在变成人了，又饿又寒，不知道怎么办。一眼看见一座钟楼，便走过去想藏一下身。不料楼门关着，不能进去。我就坐在钟后，躲避着狂风。一到晚上，我饿得全身发痛。忽然一个人在路上走着，带着双靴子，在那里喃喃自语。我第一次见过这样死气的人脸，不由得有点害怕，便回身躲着他。但听见那个人自己说这个冬天他身上可以穿一件皮袄，妻子和儿女都能养活。我就想我现在困于饥寒，正遇见这个人走着，却想的是自己和家庭衣食的事情。那他是决不能帮我的了。后来那人看见我，便皱着眉害怕起来，打我身旁走过。我更难受起来，忽然又听见那人回来了。我向他一看，竟不认识原先的人了：那个人脸上发死，现在他却活了，我看见他的脸，像看见了上帝的面容。他向我走来，给我穿上衣服，领我到他家里。一到他家一个妇人迎出来，说着话，她愈加让我害怕，死神从她嘴里走出来，我不由得叹起气来。她要赶我出去，我知道如果她把我赶出去，她便要死了。忽然她的丈夫跟她提起上帝来，那妇人忽然变了。她就给我们预备饭，她看着我，我也看着她，她脸上的死色已经完全退去，她已经活了，我知道她身上有了上帝了。"

"我便想起上帝的第一句话来：人有什么？"我就知道人类有爱。我很高兴，上帝能让我知道他所预示的话，我所以笑了一下。可是我还不能全知道。我还不明白什么不能给人，并且人依何为生。"

"我就住在你家里，住了一年，一个人来定做穿一年还不坏的靴子。我望向他，忽然看见他背后站着我的同伴死神。除我以外谁也看不见他，可是我却认识他，并且知道太阳未落时，那富人的灵魂就要被他取去。我就想：'一个人预备做能够穿一年的靴子，却想不到只能活到今天晚上。'我也就想起上帝的第二句话来：什么不能给人？

"人有什么，我已经知道。现在我又知道不给人些什么。不给人的是他认为他自己所需要的东西。我于是又笑了。

"但是我还不能全知道。我还不能明白人依何为生。于是我还住在这里，等候着上帝给我开示第三句话。第六年上，那个妇人带着双胞胎的姑娘来了，我认识这两个小孩，又知道了她们生活的情形。我想原先我相信儿童没有父母不能生活，现在却有别家的妇人把她们养大。当那妇人喜爱别人的儿女，并且哭泣的时候，我在她身上看出上帝来，就明白人依何为生。便知道上帝开示给我第三句话，已经饶恕了我，所以又笑了一次。"

十二

天神的身体显现了,他全身都是光明,眼睛不能直视;他大声说着话,仿佛不是从他嘴里说出来,却是从天上发出来的声音。天神就说:"我知道人类活着,并不为了自私,而是为了爱。"

"不让母亲知道伊的儿女为生活所需要的东西是什么。不让富人知道他自己所需要的是什么。也不让那个人知道晚上所用的是活人的靴鞋,还是死人的拖鞋。

"我做人的时候,能够活着,不是因为我自己这样想,却是因为在过路人和他的妻子那里有爱,他们怜惜我,爱我。那两个孤女能够活着,也不因为她们自己这样打算,却是因为在别家妇人心里有爱,她怜惜她们,爱她们。所有人类之所以能活着,不是因为他们自己想活,而是因为人类中间有爱。

"我原先知道上帝给人以生命,希望他们活着,现在我明白另一种见解了。

"我明白上帝不愿意人类孤立地生活着,所以不愿意告诉他们,每人只是为了自己所需要的事情而活;他愿意人类在一起生活着,然后开示给人们,他们很多人为了自己,为了众人所需要的事情而活。

"我现在明白人类觉得自己的生活不过于自私，因为他们的生活有爱。谁在爱里，那个人就在上帝那里，上帝也就在他心里，所以上帝就是爱。"

天神唱着赞美上帝的歌，声音洪亮得房子都动了。房顶忽然划开，从地上到天上竖起一根火柱。谢明和他的妻子儿女都掉下地来。天神背上长出羽翼，升到天上去了。

谢明醒来的时候，房子依旧完整着，屋内除了家人以外，谁也没有了。

野　果

前言

那时候正是六月炎热的天气,也没有风。树叶都长得青绿葱茂;只有桦树叶是黄澄澄的。野蔷薇树正开出无数香花,那怒发的黑麦长得高高的,在田里摇摆着。许多禽鸟不住地在树林里鸣叫。那时候天气酷热得很。路上干燥的尘土像手指一样大,微风过处,扑人满面,使人呼吸都难。

农人正忙着建造房屋,运送肥料。牲口在空闲的田地里忍耐着饥饿,等吃草料的老小黄牛拖着那钩形的尾巴,从圈房牧人那里跑出,儿童在道旁看守着马。妇人们入林去运草,小姑娘们都互相争先跑进树林里去拾野果,拿来卖给那避暑的人。

那些避暑客人住在布置幽雅,修饰合时的夏屋里。有时穿着又轻又整洁的贵重衣服,撑着太阳伞,在铺着黄沙的小道上闲游。有时在树阴里、凉亭中间休息、喝茶或喝酒,解去酷热。

有一天在尼古拉·谢美诺葬慈新造的一所巨大别墅前,停着一辆华美的马车,这辆车是彼得堡的绅士从城里坐着来的。

这位绅士是一个很活泼很自由的人,各种集会他都愿意加入。他正从城里出来,见他幼时的好友。

他们两人对宪法变更方法的意见略有不同。这个对社会主义稍有嗜好的彼得堡人,却在他所处的地位上得到很多的薪俸。至于尼古拉,那是纯粹俄罗斯人,他名下有好几千亩田地。

他们一块儿在花园里吃饭,一共有五碗菜;因为炎热,所以一点也吃不下去,那四十卢布薪水的厨子竟白白地费去劳力,不能博取客人的赞美。他们只吃一碗新鲜白鱼的冷肉羹,各色冰果子和几片干面包。吃饭的人有客人,医生,幼儿教员(他是一个学生,失望的社会革命家),玛丽(尼古拉的夫人)和三个小孩。

他们一顿饭吃的时间很长,因为最小的儿子郭笳正在那里肚子痛,所以玛丽不时照顾他。又因为当众宾客和尼古拉讲到政治问题的时候,那失望的学生总想显出自己并不是一个不能辩论的人,也就加入讨论,当时宾客个个都不说话了,尼古拉也只得安慰安慰那革命家。

他们在七点钟开始吃饭。饭后来宾坐在游廊下乘凉,吃一点清凉的冰淇林和白酒,就谈起来了。他们先谈起选举问题:是两级制呢,还是一级制呢,都各有自己的见解。他们直谈到饮茶的时候方才罢休。饭厅四面以防苍蝇侵入,全罩着铁网。喝茶的时候,他们全和玛丽谈话,可是玛丽一面谈话,一面又惦记着郭笳肚子痛的事情。谈论是关于画图方面的,玛丽以为在颓废派的画图里有Unje nsais guoi,那是不能反对的。她那时候并没想到颓废派的画图,嘴里却屡次地说他。那客人也觉得无味得很,可是她听见人家反对颓废派,也就附和着,说别人也猜不到她究竟懂不懂颓废派。尼古拉看了看他妻子,觉得她心里一定有什么不满意的事情;她屡次说这一套话,别人听得全都厌烦了。

黄铜的灯点起来,院里也挂着灯。小孩子们全去睡觉了,郭笳吃了药,也睡了。

那客人和尼古拉还有医生又走到游廊里去。仆人持着灯跟出来。那时候大约有十二点钟了,他们又谈起国事来,认为俄国在现在这样重要的时代,应当想出一个政策来。两人一边抽着烟,一边就谈起来。

门外边几匹不备鞍的马系在那里,那个老马夫坐在车里一会儿打哈欠,一会儿打鼾。他住在主人家已经有二十年,所得的工钱除三五个卢布,自己留作喝酒之用以外,其余全送到家里给他的兄弟。那时候四处鸡声大起,车夫等他主人等得太久了,疑惑恐怕把他忘掉,就下车进到别墅里。他看见他主人正坐在那里一面吃东西,一面高高兴兴地说话。他焦急起来,就跑去寻找仆人。那仆人正坐着,睡在外屋里。车夫喊醒他,那个仆人原先曾当过警卒,他现在每月薪水是十五卢布,客人所赏的茶水反倒有一百卢布的样子,他家人口虽然很多(五个女儿两个儿子),却因此也能养得起。他当时一下子就被车夫喊醒了,连忙跳起来,停了一会儿,就进去禀报,说车夫着急得很,请示怎样吩咐。

仆人进去的时候,他们正辩论得十分高兴,那医生刚刚走过来,也一起辩论。

客人说:"我决不能让俄国民族走到另一种发展的道路上去。

应当先有一种自由——政治的自由——这样自由……大家全知道这是最大的自由……为了保持别人的权利。"

客人觉得他一时错乱,是不能这样讲的,可是在谈话之胜时,他竟也不能想一想到底应当怎样说。尼古拉并不去听客人所说的话,却老想着要表达自己所喜欢的意思,他答道:"这是这样的,不过必须用别的道路才能达到这个程度,并不是大多数人同意,而是全体协议。你不妨看看人们的决议。"

"唉,这个世界!……"

医生答道:"斯拉夫民族有自己特别的见解,那是不容反对的。譬如波兰有否决权,可是我也并不断定说这是好的。……"

尼古拉又道:"请你们先让我把我自己的意见发表一下。俄罗斯民族有种特别的性质,这种性质……"

那仆人意温张着一双睡眼在这里站了许久,实在忍不住了,便插上去说:"车夫正十分着急……"

"请你出去跟他说我就要走了。"

"是。"

仆人就出去了。尼古拉又能表达自己所有的意思了,但是客人和医生听着他表达这种意思至少也有二十次了,就全部起来驳他。客人用历史上的例子来一层层驳他,因为客人很熟悉历史。

医生和另一位客人赞同,很爱他这种博学,并且十分高兴,竟有机会和他认识。

谈话也谈得太久了,树林那边竟慢慢地露出一道白光来,黄莺都醒来了。可是那几个人却还在那里一边抽烟,一边讲话;一边讲话,一边抽烟。

也许讲话还要继续下去,可是从门里走出一个女仆来。

女仆是一个孤苦伶仃的人,为自己的生活,也只得出来为别人服役。起初她住在商人家里,一个伙计诱她成奸,她生了一个孩子。那个孩子后来也死了,她就到一个官吏家里去。不料那家的儿子在中学念书,也一点不让她安宁;后来她就到尼古拉家中去充当女仆,工钱也给得很不少,也没有人诱惑她了,她心里很引为庆幸。他进来禀告说太太请医生和老爷进去躺一躺。

尼古拉想:"唔,一定是郭筛有什么事。"

他问:"什么事?"

女仆答道:"小少爷不舒服呢。"

客人说:"唔,也该走了!看看天已经亮了!我们坐得也太久了!"

他一面说着,一面就笑起来,仿佛是夸奖自己和他的谈友能够谈得这么长久似的。他就辞别出去了。

仆人意温各处去取客人的帽儿和洋伞,奔走得十分劳累,想着可以因此得一点赏钱;那客人也是一个十分慷慨,并不怜惜小钱的人。哪里知道他谈话谈昏了,简直忘掉了这件事情。走到中途,才记得他还没给仆人赏钱。"唔,这也没有法子了!"车夫爬上车座,坐下来拉了拉缰绳,车就走了。铃声一路响着,那客人舒舒服服地坐在车里,也一路的想着他们刚才辩论的话。

尼古拉先不到妻子那里去,他也这样想着。

他所以要推迟,先不进去,因为知道进去相见也没有什么话说。这是一件关于野果的事情。昨天乡下小孩儿拿来野果。尼古拉没有和他们讲价,就买了两盆不是很熟悉的野果。小孩子们正好跑出来,就从盆子里取出来吃起来。那时候玛丽还没有出来,等到一出来,知道又给郭筘野果吃,就十分生气,因为郭筘肚子本来有点痛。她就责备她丈夫,丈夫也责备她。两方就吵起来了。到了晚上,郭筘果真大泻起来。尼古拉想着可以好,医生却说恐怕这个病症将要变坏。

他到他妻子那里去的时候,她穿着一件红色的丝汗衫,正站在室里,医生也在那里,手里拿起一盏灯照着。

那医生戴上眼镜,很认真地看着那边,不住地用棒拨那小孩的粪。

他妻子说:"唉,就是那可恶的野果在作梗。"

尼古拉厉声道:"为什么是野果呢?"

"为什么是野果?是你给他吃的,弄得我一晚上都没有睡,孩子也快死了。"

医生笑道:"是不会死的。稍微给他服点药,以后谨慎一点,也就好了。现在不妨就给他服药。"

他道:"他正睡着呢。"

"唔,最好不必去惊醒他。明天我再来。"

"那么就请吧。"

医生走了，只剩下尼古拉一人，还不去安慰他妻子。等他睡着的时候，天已经大明了。

正在那个时候，邻近乡村里，农夫和儿童也正看夜回来。有一个人回来的，有拉着马回来的。

达拉司加刚十二岁，穿着一件短汗衫，赤着脚，骑在马上，后边拉着许多马，一块儿回到山上村里去。一条黑狗高高兴兴地跑在前面，常回过头来看看。达拉司加到家里，先把马系在门旁，就进屋来。

他对着那睡在外屋的兄弟妹妹们嚷道："喂，你们快醒来啊！"

同他们一块儿睡的母亲已经出去挤牛奶去了。

渥丽姑慈卡跳起来，自己用两手整理自己的头发。和他一块儿睡的费姬加还是缩着头躺着，用脚趾蹭盖在衣服下的小脚。

孩子们从晚上就打算着去采野果，让达拉司加看夜回来后就喊醒他们。

他就这样做了。看夜的时候，他坐在树底下睡熟了一会儿。现在他也不觉得疲乏，就决定和他们一块儿去采野果，母亲给他一碗牛乳。他自己去切了一块面包，坐在桌旁吃起来了。

他吃完后穿上一件汗衫，迅步跑到路上，随着尘土里的赤脚印走着，那时小姑娘们已经远远地走到树林那里去了。（他们头一天晚上已经预备好了瓶子和碗，不吃早饭，也不预备面包，起来祈祷了两次，就跑到街上去。）到了大树林那边转弯的地方，达拉司加才追上他们。

草上和树枝上还沾着露。姑娘们的两脚都潮湿得很,起初觉着冷,后来走在软草上和硬而不平的地上。便发起烧来了。采野果的地方就在这个树林里。小姑娘们先到去年曾经采过野果的地方去。那边长得还不高,不过那几处倒长着很熟的玫瑰色的野果。

姑娘们就俯下身去,一个一个用小手采下来,不好的放在嘴里,好的放在篮里。

"渥丽姑慈卡到这里来,这边很多!"

"唔,好害怕!啊!"他们走到树后边,互相离开得不远,这样喊着。达拉司加离开他们,走到山涧那边,去年已经伐过的树林里去,那里的这种果子树差不多有人一样高。草长得越深,果子树也长得越好。

"格露慈加!"

"什么事?"

"好像有狼?"

"唔,什么狼?你怕谁呢?你不要怕,我也不怕!"格露兹加这样说。她一边想着狼,一边还在那里采果子。一下子忘掉了,竟把好果子往嘴里送进去。达拉司加往山涧那里去了。"达拉司加!喂!"达拉司加从山涧那里答道:"我在这里!你们来吧。"

"我们快往那边去,那边很多呢。"

小姑娘们爬下山涧,从那里走到对岸去。到了那边,两人就坐在草地上,一句话也不说,不住地用手和嘴唇做工。

忽然有一个什么东西猛地里跳过来,安静之中登时变成惊扰的情形。

格露慈加吓得躺在地上,半筐的野果撒了一地,叫了一声"妈妈!"便哭泣起来。

渥丽姑慈卡指着一只黑背长耳的东西喊道:"兔子,这是兔子。达拉司加!兔子。那不是么!"后来那兔子跳着不见了,她就向着格露慈加问:"你怎么啦?"

格露慈加道:"我当是狼呢!"说罢,那惊惶哭泣的脸上立刻现出笑容来。

"你真傻!"

格露慈加一边说:"真吓死我了!"一边就哈哈大笑起来。

她们采完果子,又往前走。那时候太阳已经出来,照在绿叶和露水上,煞是好看。

姑娘们往前走着。差不多已经走到树林的尽处,他们总以为走得越远,果子就会越多;等了一会儿,四处都听见许多妇女说话喧笑的声音。那些妇女也是出来采野果的,不过来得晚一点罢了。到早饭的时候,姑娘们的筐子和口袋里差不多满了。后来她们就同也来采果子的阿库林婶婶相遇。阿库林后面还跟着一个穿一件汗衫,却不戴帽的小孩,也光着一双宽大的脚。

阿库林携住那小孩的手对小姑娘们说:"你看这小孩跟在我后面,也离不开了。"

"刚才一只兔子跳出来,我们被吓了一大跳。"

阿库林说:"你们看什么?"说着又把小孩子的手放开了。

她们谈了一会儿就离开了。各做各的事情去。

渥丽姑慈卡坐在树阴底下说:"现在我们可以坐一会儿了。真是累乏得很!唉,可惜没有拿面包,要不然现在就可以吃一点。"

"我也是很愿意的,"格罗慈加说。

"阿库林婶婶在那里嚷喊呢。很奇怪!喂,阿库林婶婶!"

"渥丽姑慈卡!"阿库林应道。

"什么事?"

阿库林在小河那边喊道:"小孩不在你们这边吗?"

"不在这里"

草飒飒的响,一会儿阿库林婶婶提高着裤子,手里拿着口袋,匆匆地走过来。

"没有看见小孩子吗?"

"没有。"

"唉,真糟了!米司加"

"米司加!"

没有一个人回答。

"唉,他一定迷路了!走进这大树林里去。"

渥丽姑慈加跳起来,就同格露慈加两人去寻找了,阿车林也往别路去找。他们一边走着,嘴里不住地大声喊米司加,可是没有一点回响。

格露慈加说:"可累死我了!"便坐下来,渥丽姑慈加却还是一边走着，一边喊着，四处去寻找。

阿库林那种悲惨失望的声音还能远远地在树林里听见。渥丽姑慈加许久找不到那孩子，正想回家去，忽然听见在一棵树上一只鸟在那里正又生气又着急地叫着；听那叫声，好像有惧怕和生气的意味。渥丽姑慈加向那长得很高的树望去，看见这树下有一堆和草一样的蓝色的东西。她停下脚步，细细一看。原来这就是米司加，一只鸟在那里又怕他，却又生他气。

米司加仰着头，两手放在头下，伸着一双弯曲的且肿着的小脚，睡得正香。

渥丽姑慈加把他母亲叫来，喊醒小孩，把野果送给他一点吃。

以后渥丽姑慈加回家就把她找到阿库林孩子的事情讲给父母和邻人听，每遇到一个人，她总要和他指指划划地讲这件事情。

太阳已经从树林边出来，用那严酷的光焰照耀大地和万物。

几个姑娘遇见了渥丽姑慈加，便对她说："渥丽姑慈加！我们去洗澡吧！"大家就齐声唱着歌，跑下河去。一边嚷着，一边搅着河水，闹了半天，不知不觉的从西方飘来一朵黑云，太阳也隐去了，雷声竟隆隆的响起来。姑娘们来不及穿衣服，雨已经下来，全身都湿了。

她们赶紧回到家里，吃了一点东西，又到种蕃薯的田里给她父亲送饭去。

等她们回来吃饭的时候，衣服已经干了。她们把野果收拾好，放在茶杯里，先送到尼古拉的别墅里去，因为他给的钱比较多一些；可是这一会儿却辞掉他们了。

玛丽撑着太阳伞坐在大椅子上，因为炎热疲乏得很，一看见几个姑娘手里拿着野果，便用扇远远地向她们摇着。

"不要不要！"

长子瓦略，十二岁，那时候学校里体操刚结束，身体疲乏得很，却还同邻居在那里打棒球，一看见野果，便跑到渥丽姑慈加那里，问："多少钱？"她道："三十哥币。"

他说："太多了（他所以嫌多，是因为普通说价总要说得多一点。）你先等一等吧。"说吧，他就跑到保姆那里去了。

渥丽姑慈加和格露慈加看着那玻璃球，都十分喜欢。房屋树林花园——的照在球上。这个球和另一种东西在她们看来，也不算什么稀奇，因为她们还望着那使她们最奇怪的贵族世界。

瓦略跑到保姆那里问她要三十哥币。保姆说二十哥币也够了，便从皮夹里取出来给他。那时候他父亲因昨晚上一夜未睡，现在才起身，正坐着吸烟看报，他便从他父亲面前走过，把二十哥币交给渥丽姑慈加，自己都把那些野果倒在碟子里。

渥丽姑慈加回到家，就把手巾包打开，拿出二十哥币，交给她母亲。母亲藏好钱就到河边洗衣服去了。

达拉司加早饭后同她父亲一块儿种蕃薯，完工后，就躺在黑橡树底下呼呼睡去，她父亲也坐在那里，望见一匹脱去缰绳的马在别人家的田里乱跑，险些践踏到麦子。

尼古拉的家里，现在诸事已经照常安静了。早饭预备三碟菜，苍蝇早就在上边吃过，可是没有一个人来吃，因为他们不愿意吃东西。

尼古拉看着报纸，觉得他所发表的意见十分有理，所以很高兴。玛丽也安心了。因为郭笛病已痊愈。医生也高兴他所开的药方竟能收到效果。瓦略吃了一大碟子野果，心里也满意得很。